U0138031

Reisende auf einem Bein

Herta Müller

独腿旅行者

〔德〕赫塔·米勒 著

陈民 安尼 译

贵州出版集团
贵州人民出版社

图书在版编目（CIP）数据

独腿旅行者 / (德) 赫塔·米勒著；陈民，安尼译
. -- 贵阳：贵州人民出版社，2022.11（2023.5重印）
ISBN 978-7-221-17235-8

Ⅰ.①独… Ⅱ.①赫… ②陈… ③安… Ⅲ.①中篇小
说—小说集—德国—现代 Ⅳ.①I516.45

中国版本图书馆CIP数据核字(2022)第163721号

Title of the original German edition:
Author: Herta Müller
Title: Der Mensch ist ein großer Fasan auf der Welt
©2009 Carl Hanser Verlag GmbH&Co.KG, München
Title of the original German edition:
Author: Herta Müller
Title: Reisende auf einem Bein
©2009 Carl Hanser Verlag GmbH&Co.KG, München
Chinese language edition arranged through HERCULES Business & Culture GmbH,Germany

本书中文简体版权归属于银杏树下（北京）图书有限责任公司。

著作权合同登记图字：22-2022-091号

DUTUI LÜXINGZHE

独腿旅行者

［德］赫塔·米勒 著

陈民 安尼 译

出 版 人：朱文迅
选题策划：后浪出版公司
出版统筹：吴兴元　　　　　　　　　　编辑统筹：朱 岳 梅天明
责任编辑：徐 晶　　　　　　　　　　特约编辑：孙皖豫 赵 波
装帧设计：墨白空间·黄海 ｜ mobai@hinabook.com
出版发行：贵州出版集团 贵州人民出版社
地　　址：贵阳市观山湖区会展东路SOHO办公区A座
印　　刷：天津联城印刷有限公司
经　　销：新华书店
版　　次：2022年11月第1版
印　　次：2023年5月第2次印刷
开　　本：880毫米×1194毫米 1/32
印　　张：11.5
字　　数：172千字
书　　号：ISBN 978-7-221-17235-8
定　　价：68.00元

贵州人民出版社微信

写给中国读者

对于我既往的全部作品，能在世界上人口最多的国度出版发行，这无疑是一种莫大的荣幸。我相信很多中国读者对西方文学的阅读和体验，会丰富他们的当下生活，甚至会使他们对人性的省察与对社会现实的感知，具有了"另一种技巧"。但我宁肯你们把我视为您身旁的一个普通写作者，你们都可能是我诸多书中人物的命运共同体。我们以相似的姿势飞翔，也极可能以相同的姿势坠落。

赫塔·米勒

于 2010 年 8 月 11 日

An meine chinesischen Leser

Ich fühle mich geehrt, dass meine bisher publizierten Werke in dem bevölkerungsreichsten Land der Erde erscheinen sollen. Die Erfahrungen, die Sie als chinesische Leser aufgrund westlicher Literatur machen, könnten im Hinblick auf Ihr Leben bereichernd sein. Sie mag Ihnen als eine neue Optik dazu dienen, den Menschen in seiner individuellen Beschaffenheit wahrzunehmen und sich seiner gesellschaftlichen Lebensumstände bewusst zu werden. Was ich mir persönlich wünsche, ist, dass Sie mich als eine Autorin Ihrer Nähe empfinden können. Vielleicht teilen Sie gar ein gemeinsames Schicksal mit manchen Figuren in meinen Werken: Beim Flug sind wir alle ähnlich, aber sehr wahrscheinlich gleichen wir uns im Absturz.

Herta Müller

den 11. August 2010

目录

人是世上的大野鸡

陈民　译

坑　地

　　阵亡战士纪念碑四周长满了玫瑰。这是一片茂密的灌木林。杂乱丛生，小草透不过气来。白色的小花开着，像纸一样卷起。花儿簌簌作响。天色破晓，就快天亮了。

　　每天早上独自穿过马路去往磨坊的路上，温迪施数着一天的时光。在纪念碑前，他数着年头。每当自行车过了纪念碑后的第一棵杨树，他数着天数，从那儿他骑向同一个坑地。夜晚，每当温迪施锁上磨坊，他又数上一遍年头和天数。

　　他远远地看着小小的白玫瑰、阵亡战士纪念碑和杨树。雾天骑车时，玫瑰的白色、石头的白色在他眼前浓密成一团。温迪施骑车穿过去。温迪施的脸湿湿的，他一直骑到那儿。玫瑰丛两次露出光秃秃的刺儿，下面的杂草一片锈色。杨树也有两次变得光秃秃的，树干几乎要枯朽。有两次路上覆盖着雪。

　　在阵亡战士纪念碑前他数了两年，在杨树前的坑地他数了两百二十一天。

　　每天，温迪施在坑地一路颠簸时，他都在想："尽头到了。"自从温迪施打算移民，他在村子里处处看到尽头。还有对于那些打算留下的人来说停滞的时间。温迪施看到，守夜人留在那儿，尽头之外。

　　温迪施数了两百二十一天，坑地让他颠簸后，他第一次下了车。他将自行车靠在杨树旁。他的脚步声很重。野鸽子从教堂花园里扑扑飞出。它们就像光线一样灰暗。只有喧闹声显出它们的不同。

　　温迪施画了个十字。门把手是湿的，黏上了温迪施的手。教堂门是锁上的。圣安东尼站在墙后，手里拿着一朵白百合和一本褐色的书。他被锁起来了。

　　温迪施感觉很冷。他俯视着马路。马路尽头，草地一直延伸到村庄里。尽头那儿一个男人在走路。那个男人就像一条黑线走进植物世界。起伏的草地将他托起到地面上。

田　蛙

磨坊沉默无声。墙壁沉默，天花板沉默，齿轮也沉默。温迪施按下开关，然后灭了灯。黑夜罩住齿轮。昏暗的空气吞噬了面粉灰、苍蝇和袋子。

守夜人坐在磨坊的板凳上。他在睡觉。嘴张着。他的狗在板凳下闪亮着眼睛。

温迪施双手抬着袋子，双膝托着。他将袋子靠在磨坊墙边。狗看着，打了个哈欠。白色的牙就像一道裂缝。

钥匙在磨坊门的锁孔里转动。锁扣在温迪施的手指间咔嚓作响。温迪施数着数。温迪施听见他的太阳穴突突地跳，他想："我的脑袋就是一只钟。"他将钥匙塞进包里。狗叫唤起来。"我会上紧发条，直到弹簧断了。"温迪施大声说。

守夜人把帽子压在额头上。他睁开眼，打了个哈欠。"值勤的士兵。"他说。

温迪施走向磨坊旁的池塘。岸边立着个草垛。在池塘的水中倒影成一块深色的污斑。污斑流到深处，好像漏斗。温迪施从稻草中拉出自行车。

"是稻草里的一只老鼠。"守夜人说。温迪施把坐垫那儿的草茎拾掇下来。他把草茎扔进水里。"我看到了它，"他说，"它落入了水中。"草茎像头发般游散开，卷起小小的漩涡。深色的漏斗游动起来。温迪施盯着它流动的画面。

守夜人踹了下狗肚子。狗哀嚎起来。温迪施望着漏斗里面，听见水下的哀嚎。"黑夜真长。"守夜人说。温迪施向后退了一步。离开岸边。他看着草垛离开了水岸。静止的画面。很安静。和漏斗没有任何关系。很亮。比黑夜要亮。

报纸唰唰作响。守夜人说："我的胃空了。"他取出熏肉和面包。刀在他手里闪闪发光。他咀嚼着。他用刀刃在手腕那儿挠痒。

温迪施把自行车推过来。他抬头看着月亮。守夜人一边咀嚼一边轻轻地说："人是世界上的一只大野鸡。"温迪施抬起袋子放到自行车上。"人很强壮，"他说，"比畜生要壮。"

报纸有一个角被吹起。风像一只手硬拽着它。守夜人把刀子放在板凳上。"我睡了一会儿。"他说。

温迪施已经朝自行车俯下身。他抬起头。"我吵醒了你。"他说。"不是你，"守夜人说，"我老婆把我吵醒的。"他掸了掸上衣上的面包屑。"我知道的，"他说，"我不能睡觉。月亮很大。我梦见了干巴巴的田蛙。我累死了。我没法去睡觉。床上躺着田蛙。我和老婆说了话。田蛙用我老婆的眼睛看着我。它梳着我老婆的辫子。它穿着她的睡衣，一直滑到肚子上。我说，盖好自己，你的大腿皱巴巴的。我对我老婆说的。田蛙把睡衣拉到大腿上。我坐到床边的椅子上。田蛙用我老婆的嘴微笑。椅子咯吱咯吱响，它说。椅子没有咯吱咯吱响。田蛙把我老婆的辫子放在自己的肩膀上。辫子和睡衣一样长。我说，你的头发长长了。田蛙抬起头叫道，你喝醉了，马上就要从椅子上摔下来。"

月亮上有一块红色的云斑。温迪施靠在磨坊的墙边。"人很蠢，"守夜人说，"还总是乐意宽恕。"狗咬着一块肉皮。"我已经宽恕了她的一切，"守夜人说，"我宽恕了她的面包师，我宽恕了她在城里治疗。"他用指尖在刀刃上划来划去。"整个村子都在笑话我。"温迪施叹了口气。"我没法再看着她的眼睛，"守夜人说道，"只有一点，因为她死得太快了，好像她从未记挂过任何人。这点我没宽恕她。"

"上帝知道,"温迪施说,"她们有什么用,女人们。"守夜人耸了耸肩。"不是为我们,"他说,"不是为我,不是为你。我不知道为谁。"守夜人抚摸着狗。"还有女儿们,"温迪施说,"上帝知道,她们也将成为女人。"

自行车上落下一片阴影,投在草地上。"我女儿,"温迪施说,他在脑子里掂量着话的分量,"我的阿玛莉也不再是少女了。"守夜人看着红色的云斑。"我女儿的小腿肚就跟甜瓜一样,"温迪施说,"就像你说的,我没法再看着她的眼睛。她的眼睛里有块阴影。"狗转过头来。"眼睛撒谎,"守夜人说,"小腿肚不撒谎。"他把两只鞋分开。"盯着看你女儿怎么走路,"他说,"如果她的鞋尖在走路时向一边歪,那就说明已经发生过了。"

守夜人在手上转着他的帽子。狗躺在那看着。温迪施不做声。"降露水了。面粉要潮了,"守夜人说,"村长会生气的。"

池塘上一只鸟儿扑打着翅膀。缓慢地、笔直地,像贴着一条线。紧贴着水面。好像那儿是地面。温迪施盯着它。"像只猫。"他说。"是一只猫头鹰。"

守夜人说。他把手放在嘴上。"老克罗讷家的灯已经亮了三个晚上。"温迪施推起自行车。"她不会死的,"他说,"猫头鹰没有落在屋顶上。"

温迪施走过草地,望着月亮。"我告诉你,温迪施,"守夜人喊道,"女人们撒谎。"

针

木匠家里灯还亮着。温迪施站着没动。窗户玻璃闪闪发光。映射着马路。映射着树木。画面透过窗帘，穿过花边上下垂的花束进入房间。在陶瓷炉旁的墙边靠着一个棺材盖。它正等着那位老克罗讷死亡。盖子上已经写上了她的名字。房间里尽管摆放着家具但感觉空荡荡，因为房间很亮。

木匠坐在椅子上，背对着桌子。他老婆站在他面前。她穿着件条纹睡衣，手上拿着一根针。针上穿着灰色的线。木匠张开的食指向他老婆伸过去。她用针尖给他挑肉里的木屑。食指出血了。木匠抽回了手指。女人让针掉了下来。她垂下眼帘，笑了起来。木匠的手从睡衣下面抓住她。睡衣向上滑动。条纹波动。木匠流血的手指抓向他老婆的乳房。乳房很大，颤抖着。灰色的线挂在椅腿上。针尖向下摇晃着。

棺材盖旁就是床。枕头是锦缎的，上面的斑点大大小小。床空着。床单是白色的，被子也是白色的。

猫头鹰从窗户旁飞过。它在玻璃里飞着，像一扇窗扇那么长。它在飞行中颤动。灯光歪歪斜斜地落下，猫头鹰变成了两只。

女人在桌前弯着腰来来回回。木匠把手伸向她的两腿间。女人看见挂着的针。她用手去抓。线摇晃着。女人让她的手在自己身上滑下去。她闭上眼睛。张开嘴。木匠拖着她的手腕到床边。他把裤子扔到椅子上。内裤好像白色的布头伸进裤腿里。女人伸直大腿，然后弯起膝盖。她的肚子好像一团生面。她的两条腿竖着，好像床单上白色的窗户框。

床上方挂着一幅黑框画。木匠的母亲系着头巾靠在她丈夫的帽檐边。玻璃上有块污渍。污点就在她的下巴那儿。她从画里微笑着。她濒死地微笑着。一年都不到，她就笑着进了墙挨着墙的房间。

水井边轮子在转动。因为月亮很大，要喝水。因为风挂在轮辐里。袋子湿了。它就像一个睡觉的人般挂在后轮上。"袋子好像一个死人，"温迪施想，"吊在我后面。"

温迪施感觉到大腿旁挺直、僵硬的那个玩意儿。

"木匠的母亲，"温迪施想，"已经凉了。"

白色大丽花

　　木匠的母亲在八月的暑热中曾用水桶将一个大甜瓜吊入水井里。水桶四周掀起水波。水围着绿色的瓜皮咕嘟咕嘟作响。水冰凉着甜瓜。

　　木匠的母亲拿着一把大刀走进园子。园子的路是一条沟槽。生菜疯长。叶子被梗茎里长出来的白色乳液粘住。木匠的母亲拿着刀走过沟槽。园子尽头、篱笆开始的地方，开着一朵白色的大丽花。大丽花一直长到她肩膀。木匠的母亲嗅着大丽花。她嗅了很长时间白色的叶子。她吸进大丽花的气息。她搓了搓额头，朝院子望去。

　　木匠的母亲用大刀割下了白色的大丽花。

　　"甜瓜只是个借口，"木匠在葬礼后说道，"大丽花是她的厄运。"木匠的女邻居说："大丽花是一张脸。"

　　"今年夏天天气太干了，"木匠的母亲说，"大丽花的叶片全都是白色，卷曲着。花儿开得很大，还从未有大丽花开过这么大。这个夏天没有风，花儿没有掉落。大丽花早该结束生命，但它却不能凋零。"

"这无法忍受，"木匠说，"没人能忍受。"

没人知道，木匠的母亲拿割下的大丽花做什么。她没把花带回房子里。她没把花放到屋子里。大丽花也不在园子里。

"她从园子里走了出去。她手上拿着那把大刀。"木匠说。"她的眼睛里有些大丽花的影子。眼白干干的。"

"有可能，"木匠说，"她等着甜瓜时，把大丽花掰碎了。她把花放在手上掰碎的。没有花叶散落在地上。园子好像一间屋子似的。"

"我认为，"木匠说，"她用那把大刀在地里挖出了一个洞。她把大丽花埋了起来。"

那天黄昏时分，木匠的母亲把水桶从井里提上来。她把瓜抱到厨房桌上。她用刀尖扎进绿色的瓜皮。她转着圈活动拿着大刀的手臂，将瓜从中间剖开。甜瓜裂开了。垂死的呼噜闷声。甜瓜在水井里，在厨房的桌子上都还是有生命的，直到被剖成两半。

木匠的母亲已经把眼睛睁开了。因为她的眼睛和大丽花一样干燥，不能睁大了。果汁从刀锋上滴下来。她的眼睛眯眯地仇视着红色的瓜肉。黑色的瓜子好像梳子的齿重叠生长在一起。

木匠的母亲并没有把瓜切成片。她把剖开的两半放在自己面前。她用刀尖把红色的瓜肉挖出来。"她有一双最贪婪的眼睛，我从未见过比它们更贪婪的了。"木匠说。

红色的水滴到了桌子上。从嘴角滴下来。从胳膊肘旁滴下来。甜瓜红色的水沾在了地板上。

"我母亲从未这么白这么冷，"木匠说，"她吃完说道：'别这么看我，别看我的嘴。'"她把瓜子吐到桌上。

"我移开了目光。我没有从厨房走出去。我怕看到甜瓜，"木匠说，"我从窗户向外望着街道，一个陌生男人经过。他走得很快，在自言自语。我听到身后母亲怎样用刀挖甜瓜，怎样咀嚼，怎样吞咽。我说，妈妈，别再吃了。我没有看她。"

木匠的母亲举起手来。"她大喊大叫，我看着她，因为她的声音太大了。"木匠说。"她用那把刀挖着。这不是夏天，你不是人，她这么喊着。我头脑发胀。五脏六腑都在燃烧。这是个夏天，它把多年的热火都投射出来。只有甜瓜让我清凉。"

缝纫机

石子路狭长，高低不平。猫头鹰在树林后叫唤。它在寻找一个屋顶。房子上披着白色的、淌下来的石灰。

温迪施感觉到肚脐下他僵硬的那玩意儿。风敲打着木头。它在缝纫。风在给大地缝个袋子。

温迪施听到他老婆的声音。她说："没有人性。"每天晚上当温迪施在床上冲着她那边呼吸时，她都要说"没有人性"。她的子宫已经切除两年了。"医生禁止这样，"她说，"我不能让我的膀胱受折磨，就因为这多么适合你。"

每当她这么说，温迪施都感觉到他俩的脸之间她冰冷的愤怒。她攥住温迪施的肩膀。有时她会需要些时间才能找到他的肩膀。找到他的肩膀后，她就在黑暗中对着温迪施耳语道："你都可以当祖父了。我们的时代已经过去了。"

去年夏天温迪施拿着两袋面粉走在回家的路上。

温迪施敲了敲一扇窗户。村长提着手电筒透过窗帘照出去。"你敲什么，"村长说，"把面粉放到院子里。门是开着的。"他的声音带着困意。那个夜里来了场雷暴雨。一道闪电落在窗前的草地上。村长关了手电。他的声音醒了，他大声说话。"还有五批，温迪施，"他说，"新年时还有钱。复活节你就有护照了。"打雷了，村长望着窗户玻璃。"把面粉放到屋顶下，"他说，"要下雨了。"

自那以后已经十二批了，一万列伊了，复活节早已过去。温迪施想。他已经很久不再敲窗户了。他打开门。温迪施用肚子抵住袋子放到院子里。即使没有雨，他也把袋子放到屋顶下。

自行车轻了。它在走，温迪施在旁边把着它。车子穿过草地时，温迪施听不到他的脚步。在那个暴风雨的夜晚，所有的窗户都黑了。温迪施站在长长的过道里。一道闪电将大地撕开。一声雷鸣将院子挤压到裂缝中。温迪施老婆没有听到钥匙在门上转动。

温迪施站在了前厅里。雷声远远地越过村庄，落在了园子的后面，夜里一片寒冷的寂静。温迪施眼睛里一阵冰冷。温迪施感到黑夜将被打碎，村庄的上空将突然明亮如昼。温迪施站在前厅，他知道如果他不走进房子里，穿过园子也许就到处可以看到所有事物狭窄的尽头，和他自己的尽头。

在房门后他听到他老婆单调均匀的呻吟。好似一台缝纫机。

温迪施把门打开了一道缝。他啪嗒开了灯。他老婆的两条腿好像被撬开的窗扇直在床单上，在灯光中抽动着。温迪施老婆睁开眼睛。灯光并没有让她眼花。她的眼神就那么呆滞着。

温迪施弯下腰。他解开鞋带。从胳膊下看过去，他盯着他老婆的大腿。他看到她把黏糊糊的手指从头发里抽出来。她不知道该把这只手放到哪里。她把它放在裸露的肚皮上。

温迪施看着他的鞋子说："就是这样啊。就这么对付膀胱，仁慈的夫人。"温迪施老婆把那只手放在脸上。她把腿一直向下移到床尾。她将两条腿紧紧并拢在一起，直到温迪施只能看到一条腿和两只脚掌。

温迪施老婆把脸转向墙壁，大声哭起来。她拖着年轻时的哭腔时哭声悠长，拖着现在年老时的哭腔时哭声短促。有三次她拖着另一个女人的哭腔抽泣。

接着不作声了。

温迪施啪嗒关了灯。他爬进温暖的被窝里。他感觉到了她沉积的浑浊，好像她在床上排空了肚子。

温迪施听到睡眠如何将她继续压到这滩浑浊下，只有她的呼吸呼噜呼噜。他很累很空。远离一切事物。好像在所有事物的尽头，好像在他自己的尽头，她的呼吸呼噜呼噜。

她的睡眠在那晚那么沉，没有梦找到她。

黑色的斑痕

苹果树后是毛皮匠家的窗户。灯火通明。他有护照了。温迪施想。窗户很刺眼，玻璃上光秃秃的。毛皮匠把所有的东西卖掉了。房间空荡荡的。"窗帘也卖了。"温迪施暗自说道。

毛皮匠靠在陶瓷炉边。地上放着白色的碟子。窗台上摆放着餐具。门把手上挂着毛皮匠的黑色大衣。毛皮匠的老婆边走边向大箱子弯下腰。温迪施看到她的双手。她的阴影投到空空的墙壁上。影子变得长长的，弯曲着。胳膊好像水面上的树枝一样波浪起伏。毛皮匠在数钱。他把那捆纸币放进陶瓷炉的管子里。

柜子是白色正方形的，床也都是白色的框架。中间的墙就是黑色的斑痕。地板是斜的。地板抬起来了。高高地爬上了墙。它立在门前。毛皮匠在数第二捆钱。地板好像要遮住了他。毛皮匠的老婆吹去毛皮帽子的灰尘。地板好像要把她抬到天花板上。

陶瓷炉旁边的挂钟打下长长的白色斑痕。瓷炉旁挂着时间。温迪施闭上眼睛。"时间到了尽头。"温迪施想。他听见挂钟的白色斑痕在滴答滴答，看见黑色斑痕的数字指片。没有指针的是时间。只有黑色的斑痕在旋转。它们拥挤着。它们从白色的斑痕里挤出来。沿着墙壁落下来。它们就是地板。黑色的斑痕就是另一间房间的地板。

空荡荡的房间里鲁迪跪在地板上。他面前摆着彩色玻璃，排成长长的队列，围成圈。鲁迪旁放着空空的箱子。墙上挂着一幅画。那不是画。框子是绿色玻璃。框子里是乳白色玻璃带着红色波纹。

猫头鹰飞过园子。它的叫声尖尖的。飞得很低。整夜都在飞。"一只猫，"温迪施想，"一只在飞的猫。"

鲁迪从蓝色的玻璃里拿出一把勺子到眼前。他的眼白变大了。勺子里瞳孔成了潮湿、闪亮的球体。地板将颜色冲到屋子边沿。另一个房间的时间击打着波浪。黑色的斑痕一起游动。灯泡颤动着。灯光破碎了。两扇窗户交织游动着。两块地板将墙壁挤压到面前。温迪施用手抱住头。脑袋里血管在跳动。手关节那儿太阳穴在搏动。地板在抬起。它们在靠近，在互相触碰。它们顺着狭窄的裂缝落下。它们将变得很重，大地将要打碎。玻璃将要发热，成为箱子里发抖的溃疡。

　　温迪施张开嘴。他感觉到它们在脸上生长，那些黑色的斑痕。

盒　子

鲁迪是工程师。他在一家玻璃厂工作了三年之久。玻璃厂在山里。

毛皮匠在这三年中就去看过他儿子一次。"我坐了一个礼拜的车进山去看鲁迪。"毛皮匠对温迪施说。

三天后毛皮匠回来了。他的脸颊被山风吹得通红，眼睛因为失眠受到了伤害。"我在那没法睡觉，"毛皮匠说，"我没法合眼。夜里我的脑子里都感觉到那些山。"

"到处望去，"毛皮匠说，"都是山。进山的路上都是隧道。那也是山。它们和夜晚一样黑。火车开过隧道。整座山都在火车的哐当哐当声中。耳朵里传来一声轰隆，脑袋感到一阵发胀。一会儿乌压压的黑夜，一会儿亮晃晃的白天，"毛皮匠说，"不断在交替。没法忍受。所有的人都坐着，都不往窗外望。亮的时候他们看书。他们留神书不要从膝盖上滑落。我必须留神手臂不要碰到那些书。黑的时候他们就让书摊开着。我仔细听着，在隧道里仔细听着他们是否把书合上。我什么也没听到。当光线又亮了的时候我的眼睛首先去看那些书，然后看他们的眼睛。书摊开着，他们的眼睛闭着。那些人比我睁开眼睛要晚。我告诉你，温迪施，"毛皮匠说，"我每次都很骄傲，因为我比他们睁开眼睛要早。我对隧道的尽头很敏感。我从在俄国时就有了这种敏感，"毛皮匠说，他用手撑着额头，"那么多个哐当哐当的夜晚，那么多个亮晃晃的白天，"毛皮匠说，"我从未经历过。我在夜晚，在床上，听到那些隧道。它们嗡嗡作响。像乌拉尔山里的敞篷货车一样嗡嗡作响。"

毛皮匠摇晃着脑袋。他的脸发亮。他转头向桌子望去。他在看他老婆是否在听。然后他低声说道："只是女人啊，温迪施，我告诉你，那里有女人。她们走得快。她们比男人们割麦子要快。"毛皮匠大笑起来。"可惜，上帝啊，"他说，"她们都是瓦拉西亚人。床上她们也很棒，但是烧饭可是不如我们的女人。"

桌子上放着一只铁皮碗。毛皮匠的老婆在碗里打蛋清。"我洗了两件衬衫，"她说，"水都黑了。那儿太脏了。因为树林遮着，人们看不到。"

毛皮匠望着碗里。"上面，有一个疗养院。在最高的山上，"他说，"那里都是疯子。他们穿着蓝色的裤衩和厚厚的大衣在篱笆后面走来走去。一个人整天在草地上寻找冷杉球果。他自说自话。鲁迪说，他是个矿工。他搞过一次罢工。"

毛皮匠的老婆把指尖浸到蛋清中。"自己作孽。"她说道，然后把指尖舔干净。

"另一个人，"毛皮匠说，"在疗养院只待了一周。他又入土了。一辆车轧死了他。"

毛皮匠的老婆端起碗。"鸡蛋时间久了，"她说，"蛋花是苦的。"

毛皮匠点头。"从上面人们看到墓地，"他说，"它们斜挂在山上。"

温迪施把双手放到桌子的碗边上。他说："我不想埋在那里。"

毛皮匠的老婆心不在焉地看着温迪施的手。"是的，山里应该很美，"她说，"只是离这儿太远了。我们没法去，而鲁迪也不回家。"

"现在她又在烤蛋糕，"毛皮匠说，"鲁迪是吃不着了。"

温迪施把手从桌子上抽回来。

"云雾笼罩着城里，"毛皮匠说，"人们在云中走来走去。每天有雷暴雨。如果人们在田里，会被闪电劈死的。"

温迪施把手插进裤兜里。他站起来。他走向门口。

"我带了些东西回来，"毛皮匠说，"鲁迪让我给阿玛莉带了个小盒子。"毛皮匠拉开一个抽屉。他又把它关上。他看了下空箱子。毛皮匠的老婆在他的上衣口袋里找。毛皮匠打开柜子。

毛皮匠的老婆疲惫地举起手。"我们会找的。"她说。毛皮匠找了找他的裤兜。"我今天早上手上还抓着盒子的。"他说。

折叠剃须刀

温迪施坐在厨房的窗前。他在刮胡子。他把白色的泡沫涂在脸上。泡沫在他的脸颊上沙沙作响。温迪施用手指尖将白花花的泡沫分散到嘴边。他看着镜子。他看到镜子里的厨房门。还有他的脸。

温迪施看到他脸上涂了太多的泡沫。他看到他的嘴巴埋在了泡沫里。他感觉到他没法透过鼻孔里的泡沫和下巴上的泡沫说话。

温迪施打开折叠剃须刀。他用手指试了试刀锋。他把刀锋放到眼睛下。颧骨不动。温迪施用另一只手在眼睛下将皱纹拉平。他朝窗外望去。那儿是绿色的草地。

折刀抖了下。刀锋火辣辣的。

温迪施好几个礼拜眼睛下有个伤口。发红了。长出脓包，发软。每天晚上都有很多面粉进去。

这几天温迪施的眼睛下已经结了痂。早上温迪施带着痂皮走出家门。当他打开磨坊的门闩，当他将钥匙放入上衣口袋后，温迪施摸了摸脸颊。痂皮不在了。

"也许痂皮留在了坑地。"温迪施想。

外面天亮，温迪施走向磨坊的池塘边。他跪在草地上。他看着水中他的脸。小小的涟漪钻进他的耳朵。他的头发模糊了这幅画面。

温迪施的眼睛下有一个弯曲、白色的伤疤。

一片芦苇叶子被折弯了。它在他的手边开开合合。芦苇叶子有了棕色的刀锋。

泪滴珠

阿玛莉从毛皮匠的院子里走来。她穿过草地。她手上拿着那个小盒子。她对着它闻。温迪施看着她裙子的贴边。裙边在草地上投下阴影。她的小腿肚很白。温迪施看着阿玛莉如何扭动她的臀部。

盒子用银色的细绳扎着。阿玛莉站在镜子前。她看着自己。她在镜子中找寻着银色的绳子，然后扯开。"盒子放在了毛皮匠帽子里。"她说。

盒子里白色的薄棉纸沙沙作响。在白纸上放着一颗泪滴珠。尖部有一个孔。里面，在珠肚里，有一道凹槽。泪滴珠下面放着一张纸条。鲁迪写着："泪滴珠是空的。灌上水。最好是雨水。"阿玛莉没法给珠子灌水。那是夏天，整个村子都干枯了。井水也不是雨水。

阿玛莉把珠子放到窗前光线下。它外表很呆板。但内部，沿着那条凹槽，它在颤动。七天来天空干烧着。它一直跑到了村子的尽头。它在山谷看了河流。天空喝上水。又下雨了。

院子里雨水淌过铺路的石块。阿玛莉拿着珠子站在屋檐的水槽下。她看着水流淌进泪滴珠的肚子里。

雨水中夹带着风。风将清脆的钟声一直吹过树林。钟声时而混沌，叶子在里面打旋。雨在唱歌。雨水声中还夹带着沙沙声。里面也卷进了树皮。

珠子里水满了。阿玛莉用湿湿的手把它拿进屋子，赤裸的双脚里夹着沙子。

温迪施老婆把珠子拿到手里。水在里面闪亮。玻璃里有道亮光。珠子里的水滴到温迪施老婆的手指间。

温迪施伸出手。他接过珠子。水沿着他的胳膊肘缓缓淌下来。温迪施老婆用舌尖舔舔湿漉漉的手指。温迪施看着她舔着那根手指，那根她在暴雨的夜晚从头发里抽出来的黏糊糊的手指。他向外望着雨。他感受到嘴里黏糊糊的。在他的脖子里难受得要呕吐了。

温迪施把珠子放到阿玛莉的手上。珠子滴水。但珠子里的水没有下降。"水是咸的。嘴唇火辣辣的。"温迪施老婆说。

阿玛莉舔了舔指关节。"雨是甜的，"她说，"盐是泪滴珠子哭出来的。"

死兽园

　　"学校在这点上也起不到任何作用。"温迪施老婆说。温迪施望着阿玛莉，说道："鲁迪是工程师，但这点学校也没啥作用。"阿玛莉大笑起来。"鲁迪不仅仅从外面认识疗养院。他也曾在那里待过，"温迪施老婆说，"我是从女邮递员那儿知道的。"

　　温迪施将桌上的一个杯子推过来推过去。他看着杯子说道："这是家族问题。接着就是孩子们，他们也会疯的。"

　　鲁迪的曾祖母在村子里被叫作"毛毛虫"。她一直将稀松的辫子甩在背上。她没法忍受梳头。她的丈夫早逝但没有得病。

　　毛毛虫在葬礼后去找她丈夫。她走进酒馆里。她看着每个男人的脸。"你不是的。"她从一张桌子说到另一张。酒保走向她说道："你丈夫他死了。"她把稀松的辫子抓在手上。她哭了，跑到街上。

　　每天毛毛虫都去找她丈夫。她走进每家每户，询问她丈夫是否在那儿。

一个冬天的日子，毛毛虫走到野外，那时雾气结成白霜覆盖着村子。她穿着夏天的裙子，没穿袜子。只有她的手因为下雪穿戴好。她戴上了厚厚的羊毛手套。她穿过光秃秃的灌木林。傍晚来临。守林人发现了她。他把她送回了村子。

守林人第二天来到村子。毛毛虫躺在黑刺李的灌木里。她冻死了。他把她背回村子里。毛毛虫好像一块板子一样僵硬。

"她太不负责任，"温迪施老婆说，"她把三岁的孩子孤零零地抛在世上。"

那个三岁的孩子就是鲁迪的爷爷。他是个木匠。他根本不打理他的土地。"在肥沃的土地上已经长满了牛蒡。"温迪施说。

鲁迪的爷爷脑子里只有木头。他把全部的钱都花去买木头。"他用木头雕刻，"温迪施老婆说，"他在每块木头上凿脸，弄成怪物。"

"接着就发生了剥夺财产的事儿。"温迪施说。阿玛莉在指甲上涂着红色的指甲油。"所有的农民都很害怕。从城里来了很多男人。他们丈量土地。他们记下来人们的名字，然后说，所有不签名的都要被关起来。所有的巷子门都被闩上了。"温迪施说。"老毛皮匠没有闩上门。他把门开得大大的。那些男人们来了后，他说，好的，你们拿走吧。你们再把马也牵走吧，我把它们解开。"

温迪施老婆从阿玛莉手上抢走那瓶指甲油。"除了他没有其他人说过。"她说。她愤怒地喊叫，耳朵后青筋突起。"你根本没在听。"她叫道。

老毛皮匠从园子的椴树里凿出一个裸体女人。他把她放在院子里，房间的窗前。他的老婆哭了。她带着孩子。她把孩子放在一个柳筐里。"她带着孩子，还有一些可以拿走的东西，搬进了村边一个空着的房子。"温迪施说。

"那许多的木头已经在这个孩子的脑袋里留下了深刻的烙印。"温迪施老婆说。

那个孩子就是毛皮匠。他会走路后，就每天走到野外。他去抓蜥蜴和蟾蜍。他长大后，夜里就蹑手蹑脚地爬到教堂塔楼上。他从窝里抓那些不会飞的猫头鹰。他将它们放在衬衫里面带回家。他用蜥蜴和蟾蜍喂养猫头鹰。当它们充分发育后，他就杀死它们。他把它们掏空。他把它们放进石灰浆里。他把它们晾干，然后做成标本。

"战前，"温迪施说，"毛皮匠玩保龄球时赢得过献祭公羊。他把羊放在村中央活剥了羊皮。人们都四处躲开。女人们都感觉不适。"

"在公羊流血的地方，"温迪施老婆说，"今天还没长出草来。"

温迪施靠着柜子。"他从来不是个英雄，"温迪施叹了口气，"他是个虐待狂。战争中人们不会去对付猫头鹰和蟾蜍。"

阿玛莉在镜子前梳头。

"他从没在党卫队待过，"温迪施老婆说，"他只在国防军干过。战后他又开始去抓猫头鹰、鹳和乌鸫，然后把它们剥成标本。而且宰杀掉周围所有生病的绵羊和兔子。然后硝皮。他家整个房顶就是那些死亡牲畜的死兽园。"

阿玛莉去抓指甲油的小瓶子。温迪施感觉到额头后像有沙粒在嘭嘭地跳，从一个太阳穴又到了另一个。一滴红色的液体从小瓶子里滴到了桌布上。

"你在俄国时就是个野鸡。"阿玛莉对她妈妈说，一边看着自己的指甲。

石灰里的石头

猫头鹰盘旋着飞过苹果树。温迪施望着月亮。他看着这些黑色的斑点往哪儿移动。猫头鹰没有结束它的盘旋。

毛皮匠两年前将教堂钟楼里最后一只猫头鹰做成标本送给了神甫。"这只猫头鹰住在另一个村子。"温迪施想。

陌生的猫头鹰总是在村子里寻找黑夜。没人知道它们白天在哪儿休养它们的翅膀。没人知道它们在哪儿闭上它们的喙睡觉。

温迪施明白，陌生的猫头鹰闻到了毛皮匠屋顶上被剥成标本的鸟儿的味道。

毛皮匠把剥成标本的牲畜送给了城里的博物馆。他并没有得到钱。来了两个男人。车子在毛皮匠房子前停了一整天。车子是白色的，紧闭着，好像一间屋子。

那些男人说："被剥成标本的牲畜属于我们森林

里的野物。"他们把所有的鸟儿都装进了盒子里。他们威胁要收缴大笔罚金。毛皮匠把他所有的羊皮都送给了他们。然后他们说,没事了。

这辆白色的汽车像一间屋子慢慢地从村子里开出去。毛皮匠的老婆因为惊吓微笑着挥手致意。

温迪施坐在游廊里。"毛皮匠比我们晚提出申请,"他想,"他已经在城里付过钱了。"

温迪施听着过道石子路面上一片叶子的声响。它在石头上刮擦。墙壁很长,白白的。温迪施合上眼睛。他觉得墙壁在他脸旁伸长。石灰在他的额头上火辣辣。石灰里的一块石头张开了嘴巴。苹果树颤抖。树叶是耳朵。它们在倾听。苹果树饮下它绿色的苹果。

苹果树

战前教堂后面长着棵苹果树。这是一棵大嚼自己苹果的苹果树。

守夜人的父亲当时也是守夜人。在一个夏天的夜里他站在黄杨树篱笆后面。他看见那棵苹果树怎样在上面树枝分叉的树干那儿张开了嘴巴。苹果树在大嚼苹果。

早上守夜人没有去睡觉。他去找村里的法官。他告诉他，教堂后的苹果树大嚼自己的苹果。法官哈哈大笑。笑的时候他的睫毛都在抖动。守夜人从他的大笑中听出了恐惧。在法官的太阳穴上生命的小锤子正在敲打。

守夜人走回家。他穿着衣服躺到床上。他睡着了。他睡了一身汗。

在他睡觉的时候，苹果树擦伤了法官的太阳穴。他的眼睛发红，嘴干干的。

午饭后法官打了他老婆。他在汤里看到了漂浮的

036

苹果。他吞下了它们。

村里的法官吃完饭后没法睡觉。他闭上眼睛，听着墙后的树皮声。树皮挂成一排。它们在绳子上摇晃，吃着苹果。

晚上法官召开了会议。人们聚在一起。法官成立了一个委员会监视苹果树。委员会包括四位富农、神甫、村里的教师和法官自己。

村里的教师做了发言。他将苹果树监视委员会称作"夏夜委员会"。神甫拒绝监视教堂后面的苹果树。他画了三次十字，同时请求原谅："上帝宽恕你的罪人吧。"他威胁说第二天早上去城里时会向主教报告对上帝的亵渎。

那个晚上天色黑得晚。太阳在炎热中找不到白天的尽头。夜从地面涌出，覆盖住村庄。

夏夜委员会在黑暗中沿着黄杨树篱笆蹑手蹑脚爬着。他们躺在苹果树下。他们看着错综的树杈。

法官拿着把斧子。富农们把他们的粪叉放在草地上。村里的教师带来一支笔和一个本子，他坐在防风灯旁披着个口袋。他用一只眼睛穿过口袋上拇指大小的洞往外看。他要写报告。夜很深了。它将天空从村子里挤压出来。已是午夜。夏夜委员会目不转睛地盯着被赶跑了一半的天空。乡村教师在袋子下面看着他的怀表。午夜已过。教堂的钟没有敲响。

神甫已经将教堂的钟停摆。它啮合的齿轮不该计算罪恶的时间。寂静应当控告这个村庄。

村子里谁也没睡。狗都站立在街上。它们没有叫唤。猫都坐在树杈上。它们瞪着发红的灯笼眼。

人们坐在屋子里。母亲抱着她们的孩子们在燃烧着的蜡烛间走来走去。孩子们不哭。温迪施和巴尔巴拉坐在桥下。

那位教师在他的怀表上看到午夜。他从袋子里伸出手来。他给夏夜委员会打了个手势。

苹果树没有动静。法官清了清嗓子打破了长久的沉默。一个富农因烟草引起的咳嗽在抖动。他迅速地揪下一把草。他把草塞进嘴里。他压住了咳嗽。

午夜过去了两个小时，苹果树开始颤抖。上面树枝分叉的地方张开了一张嘴。那张嘴在大嚼苹果。

夏夜委员会听着嘴巴的吧嗒声。墙后，在教堂里，蟋蟀唧唧地叫着。

那张嘴在嚼第六个苹果。法官跑到树旁。他举起斧子去砍那张嘴。富农们将他们的粪叉举到空中。他们站在法官的身后。

一块树皮连着黄色、潮湿的木头落在草地上。

苹果树闭上了它的嘴。

夏夜委员会中没有人看见苹果树什么时候、怎样闭上了嘴巴。

教师小心翼翼地从他的口袋中爬出来。他作为教师肯定看到了，法官说。

早晨四点钟神甫穿着长长的、黑色的袍子，戴着大大的黑色的帽子，夹着黑色的文件包去火车站。他走得很快。他只看着石子路。曙光已经爬上房屋的墙壁。石灰很亮。

三天后主教来到了村里。教堂里满满的人。人们都在看他从凳子中穿过，走向祭坛。他爬上布道坛。

主教没有祈祷。他说，他读了村里教师的报告。他请教过上帝。"上帝早就知道，"他叫道，"上帝让我想想亚当和夏娃。上帝，"主教小声说，"上帝对我说：魔鬼就在苹果树里。"

主教之前给神甫写了封信。他用拉丁文写的。神甫在布道坛冲着下面念了这封信。因为拉丁文的缘故，布道坛看起来很高。

守夜人的父亲说，他没有听到神甫的声音。神甫把信念完后闭上了眼睛。他双手合拢，用拉丁文祷告。他从布道坛上爬下去。他看上去很矮小。他的脸看上去很疲惫。他脸朝祭坛站着。"我们不允许砍伐这棵树。我们必须让这棵树树立着烧尽。"他说。

老毛皮匠更愿意从神甫那儿买下这棵树。但神甫说:"上帝的旨意是神圣的。主教已经知晓。"

晚上男人们带来了一大堆稻草。四个富农用稻草将树干绑起来。村长站在梯子上。他把稻草撒在树冠上。

神甫站在苹果树后,大声地祷告。沿着黄杨树篱笆站着的教堂唱诗班,唱着长长的圣歌。天气很冷,歌声的气息一直飘到了天上。女人和孩子们小声祷告。

教师用一根燃烧的刨花去点燃稻草。火焰吞噬了稻草。火焰升起来了。火焰吞噬了树皮。火在木头中噼噼啪啪作响。树冠舔舐着天空。月亮遮住自己。

苹果鼓胀起来。它们炸开了。果汁叽叽咕咕。果汁在火里如同活着的肉体在呻吟。烟雾发出臭味。火辣辣刺入眼睛。歌曲被咳嗽声扯断。

在第一场雨到来前村子里烟雾弥漫。教师写进他的本子里。他称这场烟雾为"苹果烟雾"。

木　臂

教堂后面很长时间还矗立着一段黑黑的、拱起的枯树干。

人们说，教堂后面站着一个男人。他看上去像没有戴帽子的神甫。

早上下了霜。黄杨树披上了白色。枯树干是黑色的。

教堂司事从祭坛上把枯萎的玫瑰抱到教堂后面。他经过枯树干。树干是他老婆的木臂。

烧焦的树叶打着旋。没有风。树叶轻飘飘的。它们飘到他的膝盖上。它们落在他的脚步前。树叶粉碎了。它们成了炭黑色。

教堂司事砍倒枯树干。斧子没有声音。司事倒了一瓶灯油在树干上。他点燃了。树干烧尽。地上留下了一小撮灰烬。

教堂司事把灰放进盒子里。他走到村边。他用手在地里刨了洞。他的额头前立着一根弯曲的树枝。

那是一个木头手臂。它抓向他。

教堂司事填平了放盒子的洞。他穿过满是灰土的路走进田野。远远地他就听到树林的声音。玉米地干枯了。他经过的地方叶子都碎了。他感受到了年年岁岁的孤独。他的生命已经苍白。空了。

乌鸦飞过玉米地。它们落在玉米秆上。它们从煤堆里来的。它们很沉。玉米秆摇晃着。乌鸦拍打着翅膀。

教堂司事重新回到村子里时，他察觉他的心赤裸着、僵硬地挂在肋骨间。那个灰烬的盒子躺在黄杨树篱笆旁。

歌

邻居家的斑点猪在大声咕咕叫着。它们是云中的兽群。它们从院子上空迁移。游廊被叶子罩住。每片叶子都有一个影子。

在支路上一个男人的声音在唱歌。歌声从叶子中流淌。"村子在夜里非常大,"温迪施想,"到处都是它的尽头。"

温迪施知道这首歌:"很久以前我去过柏林,看了美丽的城市。嘿啾嘿啾啦啦个整晚。"天很黑时,游廊就会向上伸长。如果叶子有影子的话,它在石子路下就会挤压得很高。在一根茎秆上。它伸长得太高后,茎秆就断了。游廊落到了地上。落回到同一个地方。白天时人们看不到游廊的升升落落。

温迪施感觉到石头上的碰撞。一个空空的桌子在他面前。桌子上有个幽灵。幽灵在温迪施的肋骨中。温迪施感觉幽灵好像一块石头挂在上衣口袋里。

歌声流淌过苹果树:"你该把你女儿打发到我这

来，我要和她来次性交。嘿啾嘿啾啦啦个整晚。"

温迪施用他冰凉的手伸进上衣口袋。在上衣口袋里没有挂着石头。他的指间都是那首歌。温迪施小声跟着哼唱："我的先生，这不合适，我的女儿不性交。嘿啾嘿啾啦啦个整晚。"

上面云彩中的兽群太大了，云彩步履蹒跚地穿过村子。猪一声不吭。歌声独自留在夜里："哦，妈妈，让我做吧，我干吗要有洞呢。嘿啾嘿啾啦啦个整晚。"

回家的路很远。那个男人在黑暗中走着。歌曲没有中断。"哦，妈妈，借给我你的，我的太小了。嘿啾嘿啾啦啦个整晚。"歌曲悲伤。声音低沉。那是歌曲里的石头。冷水流淌过石头。"我不能把它借给你，你的爸爸明儿需要它。嘿啾嘿啾啦啦个整晚。"

温迪施把手从口袋里抽出来。他失去了石头。他失去了这首歌。

"阿玛莉，"温迪施想，"走路时脚尖向一边歪。"

奶

阿玛莉七岁的时候，鲁迪拉着她穿过玉米地。他拉着她来到园子的尽头。"玉米地就是树林。"他说。鲁迪和阿玛莉一起走进谷仓。他说："谷仓就是宫殿。"

在谷仓里放着一个空的葡萄酒桶。鲁迪和阿玛莉钻进酒桶。"酒桶就是你的床。"鲁迪说。他将干燥的牛蒡放进阿玛莉的头发里。"你有了带刺的花冠，"他说，"你被施了魔法。我爱你。你必须受苦。"

鲁迪的上衣口袋里全是五颜六色的玻璃碎片。他把酒桶四周都放上碎片。碎片闪闪发光。阿玛莉坐在酒桶里面。鲁迪跪在她面前。他将她的裙子撩上来。"我要喝你的奶。"鲁迪说。他吸吮着阿玛莉的乳头，阿玛莉闭上眼睛。鲁迪咬着她小小的、褐色的乳头。

阿玛莉的乳头肿了。阿玛莉哭了。鲁迪穿过园子的尽头到野外去了。阿玛莉跑回家。

牛蒡粘在了她头发里。它们都打了卷。温迪施老婆用剪刀将牛蒡剪下来。她用甘菊茶洗阿玛莉的乳头。"不许你再和他一起玩了，"她说，"毛皮匠的儿子疯了。他被那些剥成标本的牲畜搞坏了脑子。"

　　温迪施摇摇头。"阿玛莉还会给我们带来耻辱的。"他说。

黄 鹂

百叶片之间有灰色的裂缝。阿玛莉发烧了。温迪施没有睡着。他在想被咬坏的乳头。

温迪施老婆坐在床边。"我做了梦，"她说，"我走到地上。我手上拿着粉筛。在台阶上放着一只死去的鸟儿。那是一只黄鹂。我把这只鸟的脚拎起来。它的下面是一大团肥肥的黑色苍蝇。这群苍蝇一块飞起来。它们都飞到了粉筛里。我把筛子在空中抖了抖。苍蝇没有飞走。然后我用力把门打开。我跑到院子里。我把带着苍蝇的筛子扔到雪地里。"

挂 钟

毛皮匠家的窗户笼罩在黑夜中。鲁迪躺在他的大衣上睡觉。毛皮匠和他老婆一起躺在一件大衣上睡觉。

温迪施看着空空的桌子上挂钟的白色斑痕。挂钟里住着一只布谷鸟。它一感觉到指针就叫唤。毛皮匠把挂钟送给了警察。

两个礼拜前毛皮匠把一封信拿给温迪施看。信是从慕尼黑来的。"我老婆的妹夫住在那儿。"毛皮匠说。他把信放在桌上。他用指尖寻找着那些他想要读的信行。"你们要把你们的餐盘和刀叉带来。眼镜在这里很贵。皮毛大衣根本买不起。"毛皮匠翻了翻信。

温迪施听见布谷鸟叫。他闻到了穿透房顶的被剥成标本的鸟的味道。布谷鸟是这栋房子里唯一活着的鸟儿。它用它的叫声撕裂了时间。剥成标本的鸟儿散发出恶臭。

接着毛皮匠大笑起来。他的手指移到信边沿的某个句子下面。"这里的女人一文不值。"他读道。"她们不会烧饭。我老婆必须给女房东杀鸡。那个女人拒绝吃鸡血和鸡肝。她把鸡胗和鸡脾脏都扔掉。而且她一整天都在抽烟，指使所有的男人到她那儿去。"

"最糟糕的施瓦本女人，"毛皮匠说，"总还是比那里最好的德意志女人有些用。"

飞燕草

猫头鹰不叫了。它停留在房顶上。"老克罗讷肯定要死了。"温迪施想。

老克罗讷去年夏天从箍桶匠的树上采了椴树花。那棵树在墓地的左侧。那里长着茂密的草。草地里开着野水仙。草地中有个小水塘。水塘周围是罗马尼亚人的墓地。墓地很平坦。水将它们映到了地下。

箍桶匠的椴树闻起来甜甜的。神甫说,罗马尼亚人的墓不属于公墓。罗马尼亚人的墓散发的味道和德意志人的不同。

箍桶匠走街串巷。他手提装有很多小锤子的袋子。他把箍子敲到桶上。他这样挣口饭吃。他被允许在谷仓里睡觉。

那已是秋天。透过云彩人们看到了冬天的寒冷。一天早晨箍桶匠没有醒来。没人知道他到底是谁,他从哪里来。"总在路上的那么一个人。"人们说。

椴树枝挂在了墓碑上。"人们不需要梯子。"老克罗讷说。"不会头晕的。"她坐在草地上，把花采下来放进筐里。

老克罗讷一个冬天都在喝椴树花茶。她喝光了一杯又一杯。她喝茶上瘾。死神就在杯子里。

老克罗讷的脸放着光。人们说："老克罗讷的脸预示着什么。"她的脸很年轻。年轻状就是毛病。像人们死前回光返照，就是这张脸。像人们越来越年轻，变得那么年轻直到身体垮掉。直到回到人世前。

克罗讷一直唱着同一首歌："门前泉边有一棵椴树。"她将新的小节加进去。她唱椴树花的小节。

当老克罗讷喝的茶没加糖时，这些小节就很悲伤。她唱歌时照着镜子。她在自己的脸上看见了椴树。她感受到了肚子和腿上的伤口。

老克罗讷从田里采来飞燕草。她将草煮熟。然后用棕色的草汁涂到伤口上。伤口变得越来越大。它们闻起来越来越甜。

田里所有的飞燕草都被老克罗讷采完了。她越来越多地煮飞燕草，还有茶。

袖口扣子

鲁迪是玻璃厂里唯一的德意志人。"他是这一带唯一的德意志人，"毛皮匠说，"开始罗马尼亚人很惊讶，希特勒之后还有德意志人。'一直还有德意志人'，厂长秘书说过，'一直还有德意志人。甚至是在罗马尼亚。'"

"这也有它的好处。"毛皮匠认为。"鲁迪在厂里挣钱很多。他和那个秘密警察关系不错。他是个高个子、金发的男人。他眼睛是蓝色的。他看上去像个德意志人。鲁迪说，他很有教养。他熟知所有玻璃品种。鲁迪送给他一个玻璃的领带别针和一个袖口扣子。这很值得，"毛皮匠说，"那个男人在护照的事情上帮了我们很多。"

鲁迪把他家里所有的玻璃制品都送给了那个男人。几个玻璃的盆。几把梳子。一把蓝色玻璃的摇椅。几个玻璃的杯子和盘子。一些玻璃画。一个红色罩子的玻璃夜灯。

玻璃耳朵、玻璃嘴唇、玻璃手指和脚趾都被鲁迪装在箱子里带回了家。他把它们摆在地上。他把它们排成排，围成圈。他看着它们。

落地花瓶

阿玛莉是城里的幼儿园老师。她每个周六回家。温迪施老婆在火车站等她。她帮女儿提很重的包。阿玛莉每个周六都用一个包带回来食物，一个包里是玻璃。"水晶玻璃。"她说。

柜子里满满的水晶玻璃。玻璃是按大小和颜色摆放的。红色的葡萄酒杯，蓝色的葡萄酒杯，白色的烈酒杯。桌子上有玻璃的果盘、花瓶和花篮。

"孩子们送的礼物。"阿玛莉说，每当温迪施问起"你哪弄来的玻璃"。

一个月以来阿玛莉谈起一只水晶的落地花瓶。她从地面比画到她的胯部。"它有这么高，"阿玛莉说，"深红色。花瓶上有个穿着白色花边裙子的舞女。"

温迪施老婆听说那个落地花瓶时眼睛睁得大大的。每个周六她说："你父亲不会明白，一个落地花瓶有什么价值。"

"过去觉得台式花瓶很好，"温迪施说，"现在人们需要落地花瓶。"

阿玛莉在城里的时候，温迪施老婆都会说起落地花瓶。她的脸在笑。她的手很柔软。她把手指举到空中，好像要去抚摩脸颊。温迪施知道，她会为了一个落地花瓶叉开双腿。她会将腿叉开，就像她的手指软软地伸向空中。

每当她谈起落地花瓶，温迪施就会变得强硬。他想起了战后的那段时光。"在俄国她为了一块面包叉开了腿。"战后人们都这么说。

温迪施那时想："她很漂亮，饥饿让人很难受。"

墓地间

温迪施从战俘营里回到村子。村子饱受创伤，死者和失踪者都很多。

巴尔巴拉死在了俄国。

卡塔琳娜从俄国回来了。她本来要和约瑟夫结婚。约瑟夫死在战争中。卡塔琳娜脸色苍白。眼睛深陷。

和温迪施一样卡塔琳娜也遭遇了死神。卡塔琳娜和温迪施一样捡回了自己的命。温迪施迅速将自己的生命吊在了她身上。

在饱受创伤的村子里，温迪施第一个周六就吻了她。他把她挤到树边。他感受到她年轻的肚子和滚圆的乳房。温迪施和她一起沿园子走着。

白色的墓碑排成排。铁门发出刺耳的吱呀声。卡塔琳娜画了个十字。她哭了。温迪施知道，她是为约瑟夫哭。温迪施把门关上。他哭了。卡塔琳娜知道，他是为巴尔巴拉哭。

卡塔琳娜坐到小教堂后面的草地上。温迪施朝她跪下。她抓着他的头发。她笑了。他撩起她的裙子。他解开自己的裤子。他趴在她身上。她伸手抓住了草。她在喘息。温迪施的目光越过她的头发。墓碑闪耀着。她在发抖。

　　卡塔琳娜坐起来。她把裙子捋到膝盖上。温迪施站在她面前扣上裤子。墓地很大。温迪施知道，他没有死。他回家了。这条裤子就在这村子里、在柜子里等着他。他在战争中、在战俘营里不知道，村子在哪，他还会存在多久。

　　卡塔琳娜嘴里咬着根草茎。温迪施拉着她的手。"离开这里。"他说。

公　鸡

　　教堂的钟声敲了五下。温迪施感觉腿关节冰凉。他走进院子里。守夜人的帽子在篱笆上移动。

　　温迪施走向大门。守夜人紧紧抓住电报杆。他在自言自语。"它到底在哪儿，它待在哪儿，玫瑰里最美丽的那朵。"狗坐在石子路上。它在吃虫子。

　　温迪施说："康拉德。"守夜人看着他。"猫头鹰停留在草垛后的草地里。"他说。"克罗讷死了。"他打了个哈欠。他的呼吸中有股酒味。

　　村子里公鸡在打鸣。它们的声音很沙哑。夜晚还在它们的喙里。

　　守夜人靠着篱笆。他的手很脏。手指弯曲。

死亡印记

温迪施老婆光脚站在走道的石头上。她头发乱蓬蓬的，好像房子里有风。温迪施看到她小腿肚上的鸡皮疙瘩，踝骨上粗糙的皮肤。

温迪施闻了闻她的睡衣味。热烘烘的。她的颧骨很硬。在抽搐。她的嘴撕破了。"你这时回家啦。"她叫道。"三点时我看过钟，现在都敲五下了。"她双手在空中挥舞。温迪施看着她的手指。它不黏糊。

温迪施在手里把一片干枯的苹果树叶子压碎。他听见他老婆在前厅叫喊。她把门砰地关上。她咆哮着走进厨房。勺子在炉子上叮叮当当。

温迪施站在厨房门边。她举起勺子。"你这个嫖客，"她喊道，"我要告诉你女儿，你都干了什么好事。"

茶壶上有一个绿色的气泡。气泡上是她的脸。温迪施走向她。温迪施打了她耳光。她一声不发。她低下头。她哭着将茶壶摆到桌上。

温迪施坐在茶杯前。水汽吞噬了他的脸。胡椒薄荷的水汽渗进厨房。温迪施看着茶里他的眼睛。糖从勺子撒到他的眼睛里。勺子在茶里。

温迪施喝了一口茶。"老克罗讷死了。"他说。他老婆朝茶杯吹气。她的小眼睛红红的。"拉钟响了。"她说。

她的脸颊有块红色的印记。那是温迪施的手留下来的印记。那是茶蒸汽的印记。那是老克罗讷的死亡印记。

拉钟的响声穿过墙壁。台灯响了。天花板响了。

温迪施深深吸了一口气。他在茶杯杯底找到了他的呼吸。

"谁知道,什么时候在哪儿我们死去。"温迪施老婆说。她抓住自己的头发。她又扯起一缕头发。一滴茶落到她的下巴上。

破晓了,街上灰蒙蒙的。毛皮匠的窗户很亮。"葬礼就在今天下午。"温迪施说。

喝掉的信

　　温迪施骑车去磨坊。自行车的轮胎在湿漉漉的草地上发出刺耳的吱呀声。温迪施看着轮子怎样在他的膝盖间转动。篱笆在雨中延伸。园子沙沙作响。树木滴滴答答。

　　阵亡战士纪念碑笼罩在一片灰蒙蒙中。小小的玫瑰花边都变成了褐色。

　　坑地都积满了水。自行车的轮胎淹在水里。水溅到温迪施的裤腿上。蚯蚓蜷曲在石子路上。

　　木匠家的窗户开着。床罩着。用红色的丝绒床罩罩着。木匠老婆独自坐在桌旁。桌子上摆着一堆绿色的菜豆。

　　老克罗讷的棺材盖不在墙边了。木匠的母亲从床上的那幅画里微笑着。她从白色大丽花的死笑到了老克罗讷的死。

　　地板光秃秃的。木匠已经把红地毯卖了。他有了那些大表格。他在等护照。

雨水落到了温迪施的脖子里。他的肩膀都湿了。

木匠的老婆时而因为洗礼证明书被喊到神甫那儿去，又时而因为护照被警察叫去。

守夜人告诉温迪施，神甫在法衣室里放了一张铁床。在这张床上他和那些女人一起找洗礼证明书。"如果进展顺利的话，"守夜人说，"他就找它五遍。如果要做得认真的话，就找它个十遍。警察在一些人家里七次丢失和乱放了申请书和印花。他和那些想移居国外的女人在一起找，在邮局的仓库里，在床垫上。"

守夜人笑了。"你老婆，"他对温迪施说，"对他来说太老了。他不打搅你的卡迪。但你的女儿也要轮到了。神甫会让她信天主教，而警察会让她丢失国籍。女邮递员会给警察钥匙，如果他要在仓库里干活的话。"

温迪施用鞋子踢了磨坊的门。"他可是敢这么干的，"他说，"他得到面粉，但我的女儿他得不到。"

"所以我们的信没有到，"守夜人说，"女邮递员没收了我们的信封，还有买邮票的钱。她用买邮票的钱去买烈酒。她读了那些信，然后把它们扔到纸篓里。如果警察正巧不在仓库里干活的话，他就坐在女邮递员旁边，在工作台后面，痛饮烈酒。对他而言女邮递员在床垫上太老了。"

守夜人抚摩着他的狗。"邮递员已经喝掉了几百封信，"他说，"她已经对警察讲述了几百封信。"

温迪施用那把大钥匙把磨坊门打开。他数了两年。他用那把小钥匙在锁里转动。温迪施数着日子。温迪施走向磨坊的池塘。

池塘翻腾，激起波浪。草地裹上了树叶和风儿。草垛将自己游动，但总是存在的图像投向池塘。草垛的周围青蛙在爬行。它们的白肚子在草地里移动。

守夜人坐在磨坊池塘边，他打了个嗝。他的喉头从衣服里突突地跳着。"因为那半个洋葱，"他说，"俄国人从上面将洋葱切成薄片。他们撒上盐。撒上盐的洋葱好像玫瑰绽放。它们淌出水来。清澈透明的水。它们看上去就像睡莲。俄国人用拳头打到上面。我看见过俄国人把脚后跟踩在洋葱上。他们扭动着脚后跟。俄国女人将裙子撩起，跪在洋葱上。她们扭动着膝盖。我们这些士兵攥住俄国女人的屁股一起扭动。"

守夜人的眼睛湿润。"我吃过被俄国女人膝盖碾过、好像黄油一样酥软香甜的洋葱。"他说。他的脸颊干瘪了。他的眼睛好像洋葱的光泽一样年轻。

温迪施把两个袋子扛到岸边。他用一个防雨罩盖在上面。守夜人要在夜里把它们扛到警察那儿。

芦苇摇摆着。茎秆上粘着白色的泡沫。"舞女的花边裙一定就是这样，"温迪施想，"落地花瓶是不许进我家的。"

"到处都是女人。池塘里也都是女人。"守夜人说。温迪施在芦苇里看到了她们的内衣。他走进磨坊。

苍 蝇

老克罗讷穿着黑色的衣服躺在棺材里。她的双手用白线绑着，防止它们从肚子上滑下去。这样她到了天上，就可以在天堂门口祈祷了。

"她那么美，好像睡着了一般。"女邻居说，那个干瘪的维尔马。一只苍蝇落在她的手上。干瘪的维尔马动了动手指。那只苍蝇落在了她旁边的一只小手上。

温迪施老婆抖了抖她头巾上的雨滴。透明的水珠线落在她的鞋子上。雨伞放在祈祷的女人们身旁。椅子下面雨水淌得一道道线横七竖八。雨水绵延流淌，在鞋子中闪闪发光。

温迪施老婆坐在门边的一把空椅子上。每只眼睛里都含着一颗大泪珠。苍蝇落在她的脸颊上。泪珠滚落到苍蝇上。苍蝇带着湿漉漉的翅膀飞进屋里。苍蝇又飞回来。它坐在温迪施老婆身上。在她干瘪的食指上。

温迪施老婆一边祷告，一边注视着苍蝇。苍蝇叮得指甲旁边的皮肤痒痒的。"这是同一只苍蝇，曾经待在黄鹂下面的。也还是那只飞进粉筛的苍蝇。"温迪施老婆想。

温迪施老婆在祷告时发现一处坑地。她在坑地上方叹息着。她叹息她的手在动。她叹息指甲上的苍蝇感觉到她的叹息声。她叹息苍蝇飞过她的脸颊朝屋里飞去。

轻轻的嘴唇翕动中温迪施老婆做了为我们呼求的祈祷。

苍蝇在天花板下飞。它为守护死者嗡嗡唱了很长的一首歌。一首雨水的歌。一首来自尘世、好像墓地的歌。

在嗡嗡声中温迪施老婆又掉了几滴很小的、痛苦的眼泪。她让眼泪从脸颊上流下。她让它们咸咸地在嘴边。

干瘪的维尔马在椅子下面找她的手帕。她在鞋子中间找。在黑伞中流淌出的水流中找。

干瘪的维尔马在鞋子中找到了一串念珠。她的脸又尖又小。"这个念珠是谁的。"她问。没有人看她。所有的人都不做声。"谁知道，"她叹了口气，"有很多人到过这里。"她将念珠塞进她黑色长裙子的口袋里。

苍蝇落在老克罗讷的脸颊上。它是她死了的皮肤上的活物。苍蝇在她僵硬的嘴角嗡嗡叫着。苍蝇在她生硬的下巴上跳舞。

窗户外雨哗啦啦地下。领读祈祷文的女人抖了下短睫毛，好像雨水流淌到她的脸上。好像雨水冲刷掉她的眼睛。她的睫毛，因为祈祷而粉碎。"整个国家都在下大暴雨。"她说。她说话间已经闭上了嘴巴，好像雨水要淌进她的喉咙里。

干瘪的维尔马看着死者。"只是在巴纳特地区，"她说，"我们的天气受奥地利的影响，不是布加勒斯特。"

雨水在街上祈祷。温迪施老婆在流出最后一滴很小的眼泪时吸了吸鼻子。"老人们说，如果下葬时下雨，那就是个好人。"她冲着屋里说话。

老克罗讷的棺木上面放着绣球花束。花枯萎得很厉害，成了紫色。躺在棺材里的，皮肤和骨头的死神带着它们走。雨水的祈祷带着它们走。

苍蝇在没有了香味的绣球花束里爬行。

神甫朝门走去。他脚步沉重，似乎他的身体灌满了水。神甫把黑色的雨伞递给辅弥撒者，说道："赞美耶稣基督。"女人们嗡嗡着，苍蝇嗡嗡着。

木匠把棺木盖拿进屋里。

一片绣球叶子颤动着。半紫色，半死灰色落到了白色绳子旁祈祷的手上。木匠将盖子放到棺木上。他用黑色的钉子和短短的锤击将棺木钉牢。

死者的灵车闪闪发光。马看着树林。马夫把灰色的罩子盖在马背上。"马会受凉。"他对木匠说。

辅弥撒者举着把大大的雨伞在神甫的头顶上。神甫的腿看不见了。黑袍子的边沿拖到了泥浆里。

温迪施感觉水在鞋子里咕嘟咕嘟。他认得法衣室里的钉子。他认识那个长钉子，上面曾挂着那件袍子。木匠踩进了一个水坑。温迪施看着他的鞋带湿透了。

"黑袍子已经看过了很多，"温迪施想，"它看过，神甫怎么和女人们在铁床上寻找洗礼证明书。"木匠问着些什么。温迪施听见他的声音。温迪施不清楚木匠在说什么。温迪施听见身后的单簧管声和隆隆的鼓声。

守夜人的帽檐边，雨水线形成了流苏圈。灵车上棺罩扑扑翻动。绣球花束在路过坑洼地时颤抖着。

叶子掉进了泥浆里。泥浆在车轮下面亮汪汪。灵车在水洼的亮光里转动。

吹奏曲凄凄冷冷。隆隆的鼓声听起来低沉、潮湿。村子的上空，房顶都向着雨水的方向。

墓地白色的大理石十字架泛着光。拉钟拖着它口齿不清的舌头响彻村子上空。温迪施看到他的帽子穿过一个水洼。"池塘要涨水了，"他想，"雨会把给警察的面粉袋打湿了。"

坟墓里积了水。水黄得像茶。"现在老克罗讷可以喝了。"干瘪的维尔马低语道。

领读祈祷文的女人把她的鞋子搁在坟墓间开着的春白菊上。辅弥撒者斜打着伞。烟雾渗透到了地里。

神甫将一把泥浆滴洒到棺材上。"尘归尘，土归土，上帝的归于上帝。"他说。辅弥撒者唱出一声长长的、潮湿的"阿门"。温迪施看到他嘴里的白齿。

墓穴地下水已经漫到棺罩旁。守夜人把他的帽子举在胸前。他用手压住帽檐。帽子皱巴巴的。帽子好像一朵黑色的玫瑰打了卷。

神甫合上了他的祈祷书。"彼岸重逢吧。"他说。

掘墓人是个罗马尼亚人。他把铁锹靠着肚子。他在肩上画了个十字。他往手上吐了口唾沫。他铲起土来。

吹奏乐器在演奏一首凄凉的葬礼进行曲。这首曲子没有尽头。裁缝学徒吹着他的圆号。他蓝色的手指上有白色的污渍。他加入了这首曲子中。耳朵边是大大的、金黄的喇叭口。它就像留声机的喇叭一样闪亮。从喇叭口吹出来的葬礼曲爆裂开来。

隆隆的鼓声低沉地吼叫。领读祈祷文的女人的喉头挂在了她头巾打的结间。墓穴用土填满了。

温迪施闭上眼睛。它们因潮湿的、白色的大理石十字架而感到痛苦。它们因下雨而感到痛苦。

干瘪的维尔马从墓地大门走出去。在老克罗讷的墓地上散落着撕碎的一团团绣球花。木匠站在他母亲的墓地旁哭泣。

温迪施老婆站在春白菊上。"来吧,我们走。"她说。温迪施和她一起打着她那把黑色的雨伞。伞就是一顶大大的黑色的帽子。温迪施老婆在手柄旁戴着这顶帽子。

掘墓人独自一个人光脚站在公墓里。他用铁锹清理他的靴子。

国王在睡觉

战前，村子里的小乐队穿着深红色的制服站在了火车站旁。火车站的山墙上挂满了红百合、夏紫菀、金合欢叶子扎的花环。人们穿上周日的盛装。孩子们穿着白色及膝的长筒袜。他们把沉甸甸的花束抱在他们的面前。

当火车开进站后，小乐队演奏进行曲。人们拍手鼓掌。孩子们将花儿扔向空中。

火车开得很慢。一个年轻男人将他的长手臂伸出窗外。他张开手指喊道："安静。国王陛下在睡觉。"

火车从车站开出后，草地里来了一群白色的山羊。山羊沿着铁轨走，嚼着那些花束。

乐手们演奏着他们被打断的进行曲回家了。男人和女人们带着他们被打断的挥手致意回家了。孩子们带着空空的双手回家了。

本来应该在进行曲结束后，在拍手鼓掌结束后，向国王朗诵一首诗的女孩，独自一人坐在候车厅里哭，直到山羊将所有的花束吃光。

一个大房子

　　清洁女工擦拭着台阶栏杆的灰尘。她的脸上有一块黑色的斑点，眼睑是紫色的。她在哭。"他又打了我。"她说。

　　前厅墙上的衣钩空空地泛着光。这些衣钩是带刺的花环。那些小小的、磨斜了的拖鞋笔直地排成一排摆放在衣钩下。

　　每个孩子从家里带来一张彩印画到幼儿园。阿玛莉把画粘在钩子下面。

　　每个孩子每天早上找寻他的汽车，他的狗，他的玩具娃娃，他的花，他的球。

　　乌多走进门里。他寻找他的旗子。它是黑红金三色的。乌多把他的外套挂在衣钩上，在他的旗子上。他脱下自己的鞋子。他穿上红色的拖鞋。他把鞋子放到大衣的下方。

　　乌多的母亲在巧克力厂工作。她每周二给阿玛莉带来糖、黄油、可可和巧克力。"乌多还要来三个礼拜幼儿园，”她昨天对阿玛莉说，“我们收到了领护照的通知。”

女牙医把她女儿从半开着的门推了进来。白色的巴斯克帽好像一大片雪戴在女孩头发上。女孩在钩子下面找她的狗。女牙医给阿玛莉一束丁香和一个小盒子。“安卡受凉了，”她说，“请您十点钟给她喂这些药片。”

清洁女工向窗户外抖了抖抹布。金合欢是黄色的。那个老男人每天早上打扫他家门前的人行道。金合欢把叶子吹到风中。

孩子们穿着有鹰图案的制服。黄色的衬衫和深蓝色的裤子或者百褶裙。“今天是礼拜三，”阿玛莉想，“今天是鹰日。”

积木发出啪嗒啪嗒声。起重机发出嗡嗡声。印第安人在小手前纵队行进。乌多在建一座工厂。玩具娃娃从女孩子的手指里喝着奶。

安卡的额头滚烫。

赞歌的歌声穿过班级的天花板。上面的楼层，高年龄组在唱歌。

积木乱放在一起。起重机没有声音。印第安人纵队站在桌边。工厂没有屋顶。穿着长长丝裙的玩具娃娃躺在椅子上。她在睡觉。她脸色红润。

孩子们按照个子大小围成半圈站在讲台前。他们把手掌按在大腿边。他们抬起下巴。他们的眼睛变得很大、很湿润。他们大声唱歌。

男孩和女孩都是小士兵。赞歌有七小节。

阿玛莉把罗马尼亚地图挂在墙上。

"所有的孩子都住在居民区或者独栋房子里，"阿玛莉说，"每栋房子有房间。所有的房子一起组成了一个大房子。这个大房子就是我们的国家。我们的祖国。"

阿玛莉指着地图。"这是我们的祖国。"她说。她用指尖找着地图上的黑点。"这些是我们祖国的城市，"阿玛莉说，"这些城市就是这个大房子——我们国家的房间。在这些房子里住着我们的父亲和我们的母亲。他们是我们的父母。每个孩子都有父母。就像住在我们住着的房子里的父亲是我们的父亲，尼古拉·齐奥塞斯库同志就是我们祖国的父亲。就像住在我们住着的房子里的母亲是我们的母亲，埃列娜·齐奥塞斯库同志就是我们国家的母亲。尼古拉·齐奥塞斯库同志是所有孩子的父亲。埃列娜·齐奥塞斯库同志就是所有孩子的母亲。所有的孩子都爱这两位同志，因为他们是孩子们的父母。"

清洁女工将一个空纸篓放到门边。"我们的祖国叫罗马尼亚社会主义共和国，"阿玛莉说，"尼古拉·齐奥塞斯库同志是我们国家——罗马尼亚社会主义共和国的总书记。"

一个男孩子站起来。"我们家父亲有个地球仪。"他说。他用手指了指地球仪。他碰倒了花瓶。丁香躺在了水里。他的有鹰图案的衬衫湿了。

在他面前的小桌子上全是玻璃碎片。他哭了。阿玛莉把小桌子从他面前推开。她不可以喊叫。克劳迪乌的父亲是街角肉店的管理者。

安卡把脸贴在桌上。"我们什么时候回家啊。"她用罗马尼亚语问。德语非常讨厌地从她脑子里闪过。乌多在盖屋顶。"我父亲是我们房子的总书记。"他说。

阿玛莉看着金合欢金黄色的叶子。那个老男人照旧靠在打开的窗户旁。"迪特马尔买了电影票。"阿玛莉想。

印第安人在地板上行进。安卡吞下药片。

阿玛莉靠着窗框。"谁能背首诗？"她问。

"我知道一个山峦起伏的国家／清晨早早地映红了山峰／森林好像大海一般波涛汹涌／春风吹遍大地，鲜花盛开。"

　　克劳迪乌的德语说得很好。克劳迪乌抬起下巴。克劳迪乌用一个干巴巴的成年男人的声音说德语。

十列伊

邻村那个吉卜赛小女人在拧干她草绿色的围裙。水从她手上滴下来。她的辫子从头中间一直披到肩上。一根红色的发带编在辫子里。在辫梢好像舌头一样伸出来。这个吉卜赛小女人光着脚站着，脚趾粘着泥巴，站在拖拉机手面前。

拖拉机手们都戴着很小、潮湿的帽子。他们黑糊糊的手放在桌上。"给我看下，"其中一个人说，"我给你十列伊。"他把十列伊放在桌上。拖拉机手们大笑起来。他们的眼睛湿润了。他们的脸笑得通红。他们的目光盯着那件长长的花裙子。吉卜赛女人把裙子撩起。那个拖拉机手把杯子喝光。吉卜赛女人把纸币从桌上拿走。她用手指绞着辫子，笑了。

温迪施闻着隔壁桌子的烈酒味和汗味。"他们整个夏天都穿着皮的紧身上衣。"木匠说。他的大拇指上挂着啤酒沫。他将食指放入杯中。"旁边那个脏货把烟灰吹进啤酒里。"他说。他盯着身后的那位罗马尼亚人。那个罗马尼亚人嘴角叼着香烟。香烟被他的口水浸湿了。他笑了。"别再说德语。"他说。然后用罗马尼亚语说:"这里是罗马尼亚。"

木匠的眼神很贪婪。他举起杯喝了个精光。"很快你们就会摆脱我们了。"他喊道。他示意坐在拖拉机手桌旁的老板。"再来一杯啤酒。"他叫道。

木匠用手背擦了擦嘴。"你去过花匠那儿吗?"他问。"没有。"温迪施说。"你知道在哪儿吗?"木匠问。温迪施点头:"在郊区。""在弗拉特里阿,伊内斯库街。"木匠说。

那个吉卜赛小女人拽着她辫子上的红舌头。她笑着转圈。温迪施看着她的小腿肚。"多少?"他问。"一个人一万五。"木匠说。

他从老板的手里接过啤酒杯。"一栋两层的房子。左边是玻璃花房。红汽车在院子里时,门就开着。院子里有个人在劈柴。那个人领你进屋去给你,"木匠说,"别按铃。按铃那个劈柴的人就会消失。他不会再开门了。"

坐在酒馆角落里的男人们和女人们在喝一个瓶子。一个戴着压扁的黑色丝绒帽子的男人胳膊抱着个孩子。温迪施看着那个孩子光着的小脚掌。那个孩子抓住瓶子。他张开嘴。那个男人把瓶颈按在他的嘴边。那个孩子闭上眼喝着。"酒鬼。"那个男人说。他把瓶子拽走，笑了。坐在他旁边的那女人吃着一片面包皮。她咀嚼，然后喝酒。瓶子里白色的面包絮晃荡着。

"这些人跟猪圈一样臭。"木匠说。他的手指边挂着一根长长的棕色的头发。

"这些都是挤奶工。"温迪施说。

女人们在唱歌。那个孩子在她们面前跌跌撞撞，拽着她们的裙子。

"今天是发薪日，"温迪施说，"他们喝上三天。然后就又一无所有。"

"系着蓝色头巾的女挤奶工住在磨坊后面。"温迪施说。

吉卜赛女人撩起裙子。掘墓人站在他的铁锹旁。他把手伸向口袋，给她十列伊。

戴着蓝色头巾的挤奶女工唱着歌，然后跑到墙边呕吐。

枪　声

售票员的袖子卷着。她吃着苹果。她的手表上秒针在闪动。过了五点了。有轨电车发出刺耳的声音。

一个孩子跨过一个老妇人的箱子撞到了阿玛莉。阿玛莉跑开。

迪特马尔站在公园门口。他的嘴热乎乎地贴在阿玛莉的脸颊上。"我们有时间，"他说，"票是七点。五点已经卖完了。"

凳子很凉。小个子男人们提着装满枯树叶的柳条篮子穿过草地。

迪特马尔的舌头很烫。它把阿玛莉的耳朵烧得火辣辣。阿玛莉闭上眼睛。迪特马尔的呼吸比她脑子里的树木还要大。他的手冰凉地放在她的衬衣里面。

迪特马尔闭上嘴。"我被征召入伍了，"他说，"我父亲已经把我的箱子带来了。"

阿玛莉从她的耳边把他的嘴推开。她把他的手按在嘴上。"去城里吧，"她说，"我很冷。"

阿玛莉倚着迪特马尔。她感觉到他的脚步。她好像他的肩膀一样黏糊在他外套下面。

橱窗里趴着只猫。猫在睡觉。迪特马尔敲着玻璃。

"我还得给自己买羊毛袜。"他说。阿玛莉吃着新月状的小面包。迪特马尔把一团烟雾吹到她的脸上。"来吧，"阿玛莉说，"我给你看下我的落地花瓶。"

舞女把手臂举过头。白色的花边裙在窗户玻璃后一动不动。

迪特马尔打开了橱窗旁边的木门。门后是阴暗的过道。黑暗中散发出腐烂的洋葱味。在墙边，三个垃圾桶就像三个大罐子一个挨着一个。

迪特马尔把阿玛莉按倒在垃圾桶上。盖子嘎嘎作响。阿玛莉肚子上感觉到迪特马尔挺起的那玩意儿。她紧紧抓住他的肩膀。院子里一个孩子在说话。

迪特马尔扣上他的裤子。小窗里飘来后面院子的音乐声。

阿玛莉看着迪特马尔的鞋子蜿蜒着向前挪。一只手扯断了电影票。女引座员戴着黑色的头巾，穿着黑色的裙子。她关掉了手电筒。玉米棒从收割机的长脖子里纷纷落到拖拉机的挂斗里。前面的短片完了。

　　迪特马尔的脑袋搁在阿玛莉的肩上。银幕上红色的字母一个个打出来："二十世纪的海盗。"阿玛莉把手放在迪特马尔的膝盖上。"又是一部俄国片。"她低语道。迪特马尔抬起头。"至少是部彩色片。"他对着她的耳朵说。

　　绿色的水在颤动。绿色的森林将它们的身影投向河岸。船的甲板很宽。一个漂亮的女人手扶着船栏杆。她的头发像树叶随风飘动。

　　迪特马尔的手捏着阿玛莉的手指。他看着银幕。那位漂亮的女人在说话。

　　"我们不会再见面了，"他说，"我得入伍了，你要移民了。"阿玛莉看着迪特马尔的脸颊。她动了动。她没说话。"我听说鲁迪在等你。"迪特马尔说。

　　银幕上一只手张开了。它去掏上衣口袋。银幕上有一只大拇指和一只食指。中间是一把左轮手枪。

　　迪特马尔在说话。阿玛莉在他的声音后面听到了枪声。

水没有平静

"猫头鹰瘫了，"守夜人说，"大暴雨中的死亡日让它受不了了。如果它今晚看不到月亮，它就再也飞不起来了。如果它翘辫子了，水就会发臭。"

"猫头鹰没有平静，水没有平静，"温迪施说，"如果它翘辫子了，就会有另一只到村里。一只年幼的，笨拙的，不熟悉的。它会落到每个屋顶上。"

守夜人看着月亮。"然后就又有年轻人死去。"他说。温迪施发觉他面前的气是守夜人呵出来的。声音传到他这儿是一句无力的句子。"然后又会像战争中一样。"他说。

"青蛙在磨坊里呱呱叫。"守夜人说。

它们让狗发狂。

瞎眼的公鸡

　　温迪施老婆坐在床边。"今天来了两个男人，"她说，"他们数了数母鸡，然后记下来。他们抓了八只母鸡带走了。他们把鸡关进了铁丝笼里。拖拉机的挂斗里全是母鸡。"温迪施老婆叹了口气。"我签了字，"她说，"还有四百公斤的玉米和一百公斤的土豆。他们过后会来取走，他们说了。我马上又给了他们五十个鸡蛋。他们穿着胶鞋走进园子里。他们在谷仓前看到了三叶草。明年我们必须种上甜菜，他们说了。"

　　温迪施举起锅盖。"邻居们呢？"他问。"他们没过去。"温迪施老婆说。她躺到床上盖上被子。"他们说了，邻居们有八个小孩，我们只有一个，还挣钱。"

　　锅里有鸡血和鸡肝。"我不得不把那只白色的大公鸡杀了，"温迪施老婆说，"两个男人在院子里走来走去。公鸡害怕了。它扑扇着翅膀飞到篱笆上，碰伤了脑袋。他们走时，它瞎了。"

锅里肥肥的眼睛上面漂着洋葱圈。"你说过，我们得保留这只白色的大公鸡，这样我们明年会得到白色的大母鸡。"温迪施说。"你也说过，白色的也是敏感的。你说得对。"温迪施老婆说。

柜子噼啪作响。

"我去磨坊的路上，在英雄十字架那下了车，"温迪施在黑暗中说，"我本来要去教堂祈祷的。教堂门关着的。我想这是个糟糕的信号。圣安东尼就站在门后面。他厚厚的书是褐色的。好像一本护照。"

温迪施在房间温暖、黑暗的空气中做梦，梦见天空突然打开，云彩从村子里飞了出去。一只白色的公鸡飞过空荡荡的天空。他把头撞到了草地上干枯的杨树。他看不见。他眼睛瞎了。温迪施站在一块向日葵地边上。他叫道："鸟儿瞎了。"他的声音传回来却变成了他老婆的声音。温迪施走进向日葵地的深处，喊道："我不找你，因为我知道，你不在这里。"

红色汽车

　　木头棚屋是一个黑色的正方形。从铁皮管里钻出烟雾。烟雾徐徐进入潮湿的地面。棚屋的门开着。一个穿着蓝色工装的男人坐在棚屋的木凳上。桌子上摆着一个铁皮碗。它冒着热气。那个男人朝温迪施望去。

　　下水道的盖子已经被推开。管道里站着个男人。温迪施看着他的脑袋戴着黄色的安全帽出了地面。温迪施从那个男人的下巴边走过。那个男人看着他。

　　温迪施把双手插进大衣口袋里。他感觉到了衣服口袋里的那捆钞票。

　　玻璃房在院子的左边。玻璃被呵上了水汽。水汽吞下了枝桠。玫瑰在水汽中开得红彤彤的。红色的汽车停在院子中间。车子旁堆着木柴块。房子的墙上堆着劈好的木柴。斧子搁在汽车旁。

　　温迪施慢吞吞地走。他在大衣口袋里把有轨电车票揉成一团。他透过鞋子感觉到潮湿的沥青。

温迪施四处张望。劈柴工不在院子里。戴着黄色安全帽的头看着他。

篱笆已经到头了。温迪施听见旁边房子里传来的声音。一个小侏儒拖着一束绣球花。他头上戴着红色的便帽。一只雪白的狗转着圈跑，一边还在吠叫。温迪施俯视着马路。有轨电车轨道走向空旷的远方。野草在轨道间生长。草的叶子被油弄黑了，小小的，被电车刺耳的叫声和轨道的咯吱声弄得垂头丧气。

温迪施转过身。那个戴着黄色安全帽的脑袋又沉到管道下面。穿着工装的男人把一个扫帚放到棚屋墙边。小侏儒系着绿色的围裙。绣球花束在颤动。雪白的狗站在篱笆旁，没有出声。雪白的狗望着温迪施。

棚屋的铁皮管里冒出雾气。穿着蓝色工装的男人打扫着棚屋周围的烂泥。他望着温迪施。

房子的窗户关着。白色的窗帘挡住了视线。篱笆上面两排铁丝网绷在生锈的钩子上。堆放的木头一端是白色的。刚刚砍下的。斧刃闪闪发光。红色的汽车在院子中央。玫瑰花在雾气中绽放。

温迪施又一次从戴着黄色安全帽的男人下巴那儿走过。

铁丝网到了尽头。穿着蓝色工装的男人坐在棚屋里。他看着温迪施。

温迪施转回头。他站在门口。

温迪施张开嘴。戴着黄色安全帽的脑袋露出地面。温迪施感觉很冷。嘴里发不出声音来。

有轨电车轰鸣着。玻璃上都是呵出的水汽。售票员看着温迪施。

门铃就在门柱上。门铃上有一个白色的指尖。温迪施按了上面。声音从他的手指上响了。院子里响起来了。房子里远远地响起来了。墙后面铃声好像被深埋似的闷声闷气。

温迪施按了十五下那个白色的指尖。温迪施数着。他手指上刺耳的声音，院子里响亮的声音，房子里被深埋的声音相互交错。

花匠被埋在了玻璃里，在篱笆里，在墙壁里。

穿着蓝色工装的男人冲洗着铁皮碗。他看着。温迪施从戴着黄色安全帽的男人下巴边走过。温迪施带着衣服里的那笔钱沿着轨道走。

温迪施的双脚因为沥青感到痛苦。

密　语

温迪施骑车从磨坊回家。中午的阳光要比村子里大。太阳烤焦了它的轨迹。坑地龟裂而干瘪。

温迪施老婆打扫着院落。她的脚趾周围沙子像水一样。扫帚周围都是不动的波浪圈。"还是夏天，金合欢就变黄了。"温迪施老婆说。温迪施解开他的衬衫。"会有一个艰难的冬天了，"他说，"如果树木在夏天已经干枯的话。"

母鸡在翅膀下扭着头。它们用喙去找自己并不凉快的影子。居家的斑点猪在篱笆后面野生的、开着白花的胡萝卜地里翻找。温迪施透过铁丝网望去。"他们不给这些猪喂点吃的，"他说，"瓦拉西亚的恶棍。他们甚至不知道怎么喂猪。"

温迪施老婆把扫帚抓到肚子前。"它们的鼻子可能需要套上环，"她说，"它们直到冬天来临都还会围着房子乱拱。"

温迪施老婆把扫帚放进仓库里。"女邮递员来过，"她说，"她打着饱嗝，发出烧酒的恶臭。警察感谢送去的面粉，她说，阿玛莉在周日早上会得到接见。她应当带申请书去，还有六十列伊的印花费。"

温迪施咬住嘴唇。怒火从口腔一直冲上了额头。"感谢有什么用。"他说。

温迪施老婆抬起头。"我知道，"她说，"你靠你的面粉走不远。""够了，"温迪施对着院子叫道，"我的女儿要上床垫。"他冲沙里吐了口痰："呸，见鬼吧，真丢脸。"唾沫星子粘在了他的下巴上。

"就是见鬼去你也走不远。"温迪施老婆说。她的颧骨像两块红色的石头。"现在无关丢脸，"她说，"现在关系到护照。"

温迪施用拳头狠狠地捶向仓库门。"你肯定知道的，"他叫嚷道，"从在俄国时你就肯定知道。那里对你来说也无关耻辱的问题。"

"你是头猪。"温迪施老婆嚷道。仓库门开开关关，好像风在木头里吹。温迪施老婆用指尖找寻自己的嘴。"要是警察发现，我们的阿玛莉还是个处女，他会失去兴趣的。"她说。

温迪施大笑起来。"处女，就像你曾经是处女，在墓地，那时候，战争结束后，"他说，"人们在俄国挨饿，而你却靠当婊子生活。战后要不是我娶了你，你可能还会继续当你的婊子。"

温迪施老婆站在那儿，半张着嘴。她抬起手。在空中伸出食指。"你让所有的人都变坏了，"她叫道，"因为你自己不好，而且脑了不清醒。"她拖着皲裂的脚后跟穿过沙地。

温迪施跟着她的脚后跟走在后面。在游廊里她停下了脚步。她把围裙撩起来，然后用围裙擦了擦空桌子。"在花匠那儿你做错了，"她说，"所有的人都允许进去。所有的人都为了护照。只有你不是，因为你多么聪明多么老实。"

温迪施走进前厅。冰箱嗡嗡叫着。"整个上午都没有电，"温迪施老婆说，"冰箱化冻了。要是这么下去，肉都要变质了。"

冰箱上放着一个信封。"邮递员带来了一封信，"温迪施老婆说，"毛皮匠写来的。"

温迪施读着信。"信里没提鲁迪，"温迪施说，"他可能又在疗养院了。"

温迪施老婆看着院子。"他让问候阿玛莉。为什么他自己不写呢。"

"他就写了这么一句话，"温迪施说，"这句加了

PS. 的话。"温迪施把信放到冰箱上。

"PS. 是什么意思?"温迪施老婆问。

温迪施耸了耸肩膀。"过去是马力的意思,"他说,"这也许是一个密语吧。"

温迪施老婆站在门槛上。"就是这么回事,要是孩子们上过学的话。"她叹了口气。

温迪施站在院子里。猫躺在石头上。它在睡觉。阳光罩在它身上。它的脸死气沉沉。它的肚皮下呼吸微弱。

温迪施看着毛皮匠家的房子立在正午阳光下。阳光给房子铺上了金黄色的光辉。

礼拜堂

"毛皮匠的房子听说要给那些瓦拉西亚浸礼会信徒们做礼拜堂了,"守夜人在磨坊前对温迪施说,"那些戴着小帽子的就是浸礼会信徒。祷告时,他们会狂叫。他们的女人唱圣歌时会呻吟,好像在床上。她们和我的狗一样眼睛肿胀。"

守夜人压低嗓子说话,尽管只有温迪施和他的狗站在岸边。他望着黑夜,看是否会有个影子,看见、听见什么。"在他们中间只有兄弟和姐妹,"他说,"在他们的节日他们就会结对。每个人就和他在黑暗中碰上的那位一起。"

守夜人向一只红毛耗子望去。红毛耗子带着孩子般的叫声钻进芦苇里。狗没有听见守夜人的低语。它趴在岸边冲着耗子吠叫。"在礼拜堂的地毯上他们也干那事,"守夜人说,"所以他们有那么多的孩子。"

温迪施感觉到水塘里的水和守夜人的低语给他的

鼻腔和额头带来灼热、咸咸的伤风。因为惊奇和沉默，温迪施的舌头上发硬。

"这种宗教来自美国。"守夜人说。温迪施透过咸味的伤风呼吸。"它待在水上。"

"魔鬼也是从水上过来，"守夜人说，"他们的肉体里有魔鬼。就是我的狗也无法忍受他们。它冲着他们吠叫。狗能闻到魔鬼的味道。"

温迪施的舌头慢慢感觉正常了。"毛皮匠总是说，"温迪施说，"在美国犹太人当权。""是的，"守夜人说，"犹太人毁了世界。犹太人和女人。"

温迪施点点头。他想到阿玛莉。"每个周六她回家时，"他想，"我都看见她走路时脚趾尖向一边歪。"

守夜人在吃第三个青苹果。他的衣服口袋装满青苹果。"对德国女人评价得太对了，"温迪施说，"毛皮匠写道，这里最差的也还比那里最好的有用得多。"

温迪施看着云彩。"女人们追逐最新的流行，"温迪施说，"她们觉得最好光着在街上走。上学时孩子们就看登着裸体女人的杂志，毛皮匠写道。"

守夜人在口袋的绿色苹果里翻找。守夜人吐了一块出来。"自从大暴雨后，水果里长了虫子。"他说。狗舔着吐出的苹果块。他吃下了虫子。

"整个夏天总有东西腐烂，"温迪施说，"我老婆每天打扫院落。金合欢枯了。我们院子里没有了。在瓦拉西亚人的院子里有三棵。它们已经很长时间没有光秃秃的了。在我们院子里每天都有十棵树那么多的枯黄的叶子。我老婆不清楚，这许多叶子从哪儿来的。我们院子里几乎从来没有过这么多枯叶子。""风把它们带来的。"守夜人说。温迪施把磨坊门关上。

"没有风。"他说。守夜人在空中张开手指："风总是有的，即使人们感觉不到它。"

"就是在德国，每年年中树木也会干燥。"温迪施说。

"毛皮匠写了。"他说。他看着宽阔、压低的天空。"他们在斯图加特落户了。鲁迪在另一个城市。毛皮匠没有写在哪儿。毛皮匠和他的老婆得到了一套三室的社会福利房。他们有一个厨房和一个墙上有镜子的卫生间。"

守夜人笑了。"人老了还会有兴致看镜子里的裸体。"守夜人说。

"家具都是有钱的邻居送给他们的，"温迪施说，"此外还有电视机。在他们旁边住着一个单身女人。那个老太是一个过分敏感的女人，毛皮匠写道，她不吃肉。她说，吃肉它们就得死去。"

"他们过得太好了，"守夜人说，"他们应当到罗马尼亚来，那他们啥都吃了。"

"毛皮匠有一份不错的养老金，"温迪施说，"他老婆是一家养老院的清洁工。那儿伙食不错。要是有老人过生日，还会跳舞。"

守夜人笑了。"这好像是为我准备的，"他说，"不错的伙食，几个年轻的女人。"

他咬着一个苹果的果芯。白色的核掉在他上衣上。"我不知道，"他说，"我没法决定是否提出申请。"

温迪施在守夜人的脸上看到停滞的时间。温迪施在守夜人脸上看到终结，守夜人留在那儿，超越了终结。

温迪施望着草地。面粉弄白了他的鞋子。"一旦开始了，"他说，"往下走就是了。"

守夜人叹了口气。"要是独自一人，就很难，"他说，"这持续了很久，我们都变得越来越老了，而不是越来越年轻。"

温迪施把手放在裤腿上。他的手冰凉，大腿很暖和。"这里会变得越来越糟，"他说，"他们把我们的母鸡抢走了，还有鸡蛋。他们甚至抢走了我们还没长好的玉米。这栋房子他们也会抢走的，还有院子。"

月亮很大。温迪施听见老鼠钻进水里。"我感觉到了风，"他说，"腿关节很疼。很快就要下雨了。"

狗站在草垛旁，吠叫着。"从山谷那儿来的风带不来雨，"守夜人说，"只有云和灰。""也许会带来风暴，"温迪施说，"又要把水果从树上吹下来。"

月亮蒙上一层红晕。

"那鲁迪呢？"守夜人问。

"他休息了。"温迪施说。他感觉到谎言让他的脸颊发烧。"在德国做玻璃和我们这里不太一样。毛皮匠写信说我们应该带上我们的水晶去。我们的陶瓷，还有做枕头的羽毛。他写信说，不要带锦缎和内衣。那里有的是。但皮毛很贵。皮毛和眼镜。"

温迪施在啃草茎。"开始不容易。"温迪施说。

守夜人用手指尖捅着臼齿。"全世界人们都得工作。"他说。

098

温迪施用草茎绑着食指。"有一点很难，毛皮匠写道，一种病，我们所有人都从战争中了解过。思乡病。"

守夜人手里抓着个苹果。"我不会得思乡病的，"他说，"在那里人们也只是待在德国人中间。"

温迪施把草茎打了个结。"那里比这里的外乡人还多，毛皮匠写了。而且人数迅速增长。"温迪施说。

温迪施将草茎从牙齿中穿过。草茎冰凉。他的牙龈冰凉。温迪施把天空含在他的嘴里。风和夜晚的天空。草茎在他的牙间扯破了。

菜粉蝶

阿玛莉站在镜子前。她的衬裙是玫瑰红色。阿玛莉的肚脐下露出白色的花边。温迪施从阿玛莉的膝盖往上看到透过镂空花边的皮肤。阿玛莉的膝盖细毛茸茸。膝盖白皙又圆润。温迪施在镜子里又看了下阿玛莉的膝盖。他看到花边的镂空交叉在一起。

镜子里出现温迪施老婆的眼睛。在温迪施的眼睛里，花边被快速度眨动的眼睑驱赶到太阳穴里。一根红色的血管在温迪施的眼角凸出。它将花边撕碎。温迪施的眼睛转动着瞳孔里的裂缝。

窗户开着。苹果树的叶子映在玻璃上。

温迪施的嘴唇火辣辣的。它们在说些什么。它们说些什么，在这个房间里只会和自己说话。进入自己的脑袋。

"他和自己在说话。"温迪施老婆在镜子里说。

一只菜粉蝶从窗户飞进了房间。温迪施看着它。它带来了粉和风。

温迪施老婆抓向镜子。她干瘪的手指在阿玛莉的肩膀上扯住了她衬裙的吊带。

菜粉蝶在阿玛莉的梳子上扑扑振翅。阿玛莉用胳膊够着，从头发上扯下梳子。她吹走了菜粉蝶，连同它的粉。它落在了镜子上。它在玻璃里阿玛莉肚子上摇晃。

温迪施老婆用指尖按住玻璃。她把菜粉蝶在镜子玻璃上碾碎了。

阿玛莉在她的腋窝下喷了两大块雾团。雾团从她的胳膊下淌到了衬裙里。喷口是黑色的。瓶子上用显眼的绿色字母写着**爱尔兰的春天**。

温迪施老婆把一条红色的裙子挂在椅背上。她把白色高跟、细带子的凉鞋放在椅子下面。阿玛莉打开她的手袋。她用指尖把眼影轻轻搽在眼皮上。"不要太显眼了。"温迪施老婆说，"否则人们要说闲话了。"她的耳朵出现在镜子里。耳朵很大，灰色的。阿玛莉的眼皮成了水蓝色。"够了。"温迪施说。阿玛莉的睫毛油是俄国货。阿玛莉的脸整个快要贴在镜子上。眼皮都要泛着玻璃的光芒。

从阿玛莉的手袋里掉出一张锡纸片在地毯上。上面全是圆圆的白色突出物。"那是什么东西。"温迪施老婆问。阿玛莉弯下腰将锡纸片放进包里。"药片。"她说。她从黑色的壳子里转动着口红。

温迪施老婆的颧骨出现在镜子里。"你为什么需要药片，"她问，"你没有生病啊。"

阿玛莉把红色裙子从头套上。她的额头从白色领子里钻出来。眼睛还在衣服下面，阿玛莉说："我是为预防万一。"

温迪施的手压住太阳穴。他走出房间。他坐到游廊里，那张空着的桌子旁。房间很昏暗。墙壁上有个阴影的洞。阳光在树木间斑驳。只有镜子闪烁着。镜子里是阿玛莉红色的嘴巴。

在毛皮匠家门前一些小个子老女人走着。黑色头巾的影子投在她们前面。影子也许比这些小个子老女人先到教堂里。

阿玛莉蹬着白色高跟鞋走在石子路上。她将申请书四角折叠，好像一个白色的钱包抓在手里。红色的裙子在她的小腿周围摇摆。**爱尔兰的春天**飘到了院子里。阿玛莉的裙子颜色在苹果树下要比在太阳下深。

温迪施看见阿玛莉走路时脚趾尖歪向一边。

一缕阿玛莉的头发掠过巷子门。门咔嗒一声关上了。

大弥撒

温迪施老婆站在院子里黑葡萄架后面。"你不去大弥撒?"她问。她的眼睛里长出了浆果。她的下巴长出了绿色的叶子。

"我不出门,"温迪施说,"那样人们就不好对我说,现在轮到你女儿啦。"

温迪施把胳膊肘放在桌上。他的手很沉。温迪施把他的脸埋在他沉重的手里。游廊不长。这是一个明亮的日子。游廊影子有一刻落在了它从未到达的地方。温迪施感觉到碰撞。一块石头挂在了他的肋骨里。

温迪施闭上眼睛。他感觉到他的眼球在手里,他没有脸的眼睛。

温迪施带着光秃的眼睛、肋骨里的石头大声说:"人是世界上的一只大野鸡。"温迪施听到的,不是他的声音。他感受到他赤裸裸的嘴。说话的是墙。

灼热的球

邻居家的斑点猪躺在野生萝卜地中睡觉。黑女人们从教堂里出来。阳光亮晃晃的。太阳将穿着小黑鞋子的她们抬上了人行道。她们的手因为念珠变得酥软。她们的眼睛因为祷告还在熠熠有神。

毛皮匠的房顶上，教堂的钟敲响了正午时分。太阳就是敲响正午时分的大钟。大弥撒结束了。天空很热。

这些小个子老女人走后人行道空空的。温迪施顺着这些房子看过去。他看到街道的尽头。"阿玛莉应该来了。"他想。草地里站着鹅。它们像阿玛莉的白凉鞋一样白。

泪滴珠在柜子里。"阿玛莉没有给它灌水，"温迪施想，"只要下雨的时候，阿玛莉都不在家。她总是在城里。"

人行道在阳光中移动。鹅在扬帆。白色的帆就在它们的翅膀里。阿玛莉雪白的凉鞋没有在村子里穿行。

柜子门嘎嘎作响。瓶子咯咯作响。温迪施的舌头上有个潮湿、灼热的球。球滚过他的喉咙。在温迪施的太阳穴里一团火在跳动。球溶解了，从温迪施的额头蹿出滚烫的火线。它压出锯齿状的凹槽，好像穿过头发的分路。

警察的帽子围着镜子边转。他的肩章闪闪发光。蓝色上衣的纽扣长到了镜子中间。警察上衣的上面是温迪施的脸。

温迪施的脸有一次变大了，到上衣上方。有两次他的脸变小了，沮丧地靠在肩章上面。警察在温迪施大大的、自负的脸上笑了。他用湿乎乎的嘴唇说道："你的面粉是不会让你走远的。"

温迪施抬起拳头。警察的上衣成了碎片。温迪施大大的、自负的脸上有了一块血斑。温迪施将肩章上面两张小小的、自负的脸打死。

温迪施老婆默默地将打碎的镜子收拾在一起。

吮　斑

阿玛莉走进门里。碎片上是红色的血迹。温迪施的血比阿玛莉的裙子要红。

爱尔兰的春天的最后一丝香气挂在阿玛莉的小腿肚上。阿玛莉脖子上的吮斑比她的裙子要红。阿玛莉把白凉鞋脱下。"过来吃饭。"温迪施老婆说。

汤冒着热气。阿玛莉坐在水汽中。红红的手指尖抓着汤匙。她看着汤。水汽在她的唇间移动。她吹了口气。温迪施老婆叹了口气坐到碟子前灰色的雾团里。

窗户外树叶子沙沙作响。"它们飞到院子里，"温迪施想，"十棵树的叶子飞到院子里。"

温迪施瞄了眼阿玛莉的耳朵。它在他的视线范围内。和眼皮一样微红而且有褶皱。

温迪施吞下一根柔软的白面。它进入了他的喉咙。温迪施把汤匙放在桌上，他咳起来。他的眼睛里全是泪水。

温迪施把汤吐到了碟子里。他的口腔酸酸的。它一直冲进他的额头。碟子里的汤因为吐出来的汤变浑了。

　　温迪施在碟子里的汤中看到了一座宽敞的院落。院子里是夏天的夜晚。

蜘　蛛

温迪施和巴尔巴拉曾经一起在留声机深深的喇叭前跳舞，从周六的晚上跳到周日。他们在华尔兹舞步中谈着战争。

在楂梓树下煤油灯光在晃动。它放在一张椅子上。

巴尔巴拉的脖子很细。温迪施和她的细脖子一起跳舞。巴尔巴拉的嘴巴苍白。温迪施贴着她的气息跳舞。他在摇摆。摇摆就是舞蹈。

在楂梓树下一只蜘蛛掉在了巴尔巴拉的头发上。温迪施没有看见蜘蛛。他倚在巴尔巴拉的耳边。他听着透过她粗粗的黑辫子传来的留声机放的歌。他感觉到她坚硬的梳子。

煤油灯前，巴尔巴拉的两个耳坠，绿色的三叶草放着光芒。巴尔巴拉转着身。转身就是舞蹈。

巴尔巴拉感觉到了耳边的蜘蛛。她怕极了。巴尔巴拉叫道："我要死了。"

毛皮匠在沙子地里跳舞。他跳过去。他笑了。他把蜘蛛从巴尔巴拉的耳朵边拿走。他把它扔到沙子中。他用鞋子把它踩死。踩踏就是舞蹈。

巴尔巴拉靠着椴梓树，温迪施摸着她的额头。

巴尔巴拉去摸耳朵。绿色的三叶草没有挂在耳边。巴尔巴拉没有去找。巴尔巴拉不跳舞了。她哭了。"我哭不是为了耳坠。"她说。

后来，很多天以后温迪施和巴尔巴拉坐在村子里的一张板凳上。巴尔巴拉的脖子很细。一片绿色的三叶草在闪着光芒。另一只耳朵在夜里是黑暗的。

温迪施迟疑地问起那第二只耳坠。巴尔巴拉看着他。"我该到哪儿去找呢，"巴尔巴拉说，"蜘蛛把它带到战争中了。蜘蛛吃金子。"

巴尔巴拉战后追随蜘蛛去了。当俄国的雪第二次融化后，雪把她带走了。

生菜叶

阿玛莉舔着一根鸡骨头。生菜在她嘴里沙沙作响。温迪施老婆抓了根鸡翅在嘴边。"他灌下了整瓶烧酒。"她说。她吧嗒吧嗒地啃着黄色的鸡皮:"因为伤心。"

阿玛莉用叉子的尖齿叉起一片生菜叶。她把叶子举到嘴边。叶子因为她的声音颤抖。"靠你的面粉没法走远。"她说。她的嘴唇像一只毛虫一样咬住生菜叶。

"男人们必须喝酒,因为他们痛苦。"温迪施老婆微微一笑。阿玛莉的黑眼圈在睫毛上起了蓝色褶子。"而且痛苦,因为他们喝酒。"她咻咻地笑。她透过生菜叶望去。

吮斑在她颈边变深了。它变成了蓝色,随着她的吞咽活动。

温迪施老婆呷吧着那些白色的小小的脊椎骨。她从鸡脖上吞下小块的肉。"你结婚的时候,要把眼睛睁开。"她说。"喝酒是一种很糟糕的病。"阿玛莉把她的红指尖舔干净。"而且不健康。"她说。

温迪施望着深色的蜘蛛。"当婊子比较健康。"他说。

温迪施老婆用手拍了下桌子。

野草汤

　　温迪施老婆在俄国待了十年之久。她曾在一个棚屋里和好几张铁床上睡过。床尾虱子噼啪作响。她被剃光了头。她的脸死灰色。她的头皮被咬得通红。

　　云和飘动的雪压在山上。载重车上严寒火辣辣地作痛。在矿井前不是所有的人都下车。每天早上男人们和女人们都坐在凳子上。他们睁着眼坐着。他们让所有的人从自己身边走过。他们冻死了。他们在彼岸坐着。

　　煤矿是黑的。铁锹冰凉。煤炭很重。

　　雪第一次融化后，在雪石洼地里长出了尖尖的、薄薄的草。卡塔琳娜把她的冬季大衣卖了十片面包。她的胃就是只刺猬。卡塔琳娜每天拔一小把草。野草汤很暖和、很好。刺猬缩了几个小时的刺。

　　接着第二场雪来了。卡塔琳娜有一件羊毛毯。白天它是她的大衣。刺猬刺了。

　　天黑后，卡塔琳娜跟着雪的亮光走。她弯下腰。

她从守卫的影子旁爬过。卡塔琳娜上了一个男人的铁床。那是厨师。他叫她克特。他温暖着她，给她土豆。它们很热很甜。刺猬缩了几个小时的刺。

雪第二次融化后，鞋子下长出野草汤。卡塔琳娜把她的羊毛毯卖了十片面包。刺猬缩了几个小时的刺。

接着第三场雪来了。皮毛小胸衣成了卡塔琳娜的大衣。

厨师死了后，雪光照进了另一间棚屋。卡塔琳娜从另一个守卫的阴影旁爬过去。她上了一个男人的铁床。那是个医生。他喊她喀秋莎。他温暖了她，给她一张白纸。那是假条。卡塔琳娜可以有三天不用去矿井了。

雪第三次融化后，卡塔琳娜把她的皮毛小胸衣卖了一碟糖。卡塔琳娜吃着潮湿的面包，把糖撒在上面。刺猬缩了几天的刺。

接着又是第四场雪。灰色的羊毛袜就成了卡塔琳娜的大衣。

医生死后，雪光在营地上闪亮。卡塔琳娜从睡着的狗旁爬过去。她上了一个男人的铁床。这是掘墓人。他也在村子里掩埋俄国人。他叫她卡嘉。他温暖她。他给她村子里葬礼后筵席的肉。

第四场雪融化后，卡塔琳娜把她灰色的羊毛袜卖了一勺玉米粉。玉米糊很烫。它淌出来。刺猬缩了几天的刺。

又来了第五场雪。卡塔琳娜棕色的布裙子成了她的大衣。

掘墓人死后，卡塔琳娜穿上他的大衣。她沿着雪爬着，翻过篱笆。她走进村子里一个俄国老女人家。她独自一人。掘墓人掩埋了她的男人。俄国老女人认出了卡塔琳娜的大衣。那是她男人的大衣。卡塔琳娜在她的房子里温暖自己。她挤她的山羊奶。俄国女人叫她小女孩。她给她奶。

第五场雪融化后，草地里黄色的圆锥花儿开了。

野草汤里流着黄色的尘土。它是甜的。

一天下午绿色的汽车开进了营地。它们压扁了野草。卡塔琳娜坐在棚屋前的石头上。她看着轮胎上的污泥印迹。她看着那些陌生的卫兵。

女人们爬上绿色的汽车。污泥印迹没有去矿井。它们停在小火车站前。

卡塔琳娜上了火车。她喜极而泣。

她知道这火车开回家时，卡塔琳娜手上还沾着野草汤。

海 鸥

温迪施老婆打开电视机。女歌手靠在大海前的栏杆上。裙边在飞扬。歌手的膝盖上挂着衬裙的花边。

一只海鸥飞过水面。它几乎沿着屏幕边飞过。它仿佛用翅膀尖撞进了房间。

"我还从未到过海边,"温迪施老婆说,"要是大海不远的话,海鸥就会来到村子里。"海鸥扎进水面。它吞下一条鱼。

女歌手微笑着。她有一张海鸥脸。她就像张开合上嘴巴一样频繁地睁开闭上眼睛。她唱着一首关于罗马尼亚女孩子的歌。她的头发要打湿了。太阳穴边翻起小小的涟漪。

"来自罗马尼亚的女孩,"女歌手唱道,"如五月草坪上的花儿一般温柔。"她的手指向大海。沙土里的灌木林在海边颤抖。

水里有个男人在游泳。手在前面划。远远向水里游去。他独自一人,天空停在尽头,他的头在追赶。

海浪是深色的，海鸥是白色的。

女歌手的脸很柔软。风撩起衬裙的花边。

温迪施老婆站在屏幕前。她用指尖指着歌手的膝盖。"裙边很漂亮，"她说，"肯定不是罗马尼亚造的。"

阿玛莉站在屏幕前。"和落地花瓶上舞女的花边裙一模一样。"

温迪施老婆把面包放在桌上。桌子下是铁盆。猫正在那儿舔着吐出来的汤。

歌手微笑着。她闭上嘴巴。她的歌声过后大海拍打着岸边。"你父亲应该把落地花瓶的钱给你。"温迪施老婆说。

"不。"阿玛莉说。"我自己省了钱。我会自己付的。"

小猫头鹰

小猫头鹰在山谷里待了一个礼拜了。人们每个晚上都看到它，当他们从城里过来时。轨道周围笼罩在暮色中。火车的周围陌生的、黑色的玉米在飘扬。小猫头鹰待在白雪般枯萎的飞廉草中。

人们在火车站下了车。他们沉默着。火车已经一个礼拜没有鸣笛了。人们把包紧紧压在自己身上。他们走上回家的路。他们在回家的路上碰到人时，他们会说："这是最后的休息了。明天小猫头鹰就会到了，会把死亡追回来。"

神甫打发辅弥撒者到教堂塔顶上。拉钟响了。辅弥撒者回到地面上时，他脸色煞白。"不是我拉了钟，是钟拉了我，"他说，"我要不是紧紧抓住横梁的话，早就飞到天上去了。"

小猫头鹰因为钟响精神错乱了。它飞回了田里。它往南方飞。顺着多瑙河飞。它从士兵们正在举办的醉酒聚会旁飞过。

南方的土地上没有树，而且很热。土地在燃烧。小猫头鹰在通红的野蔷薇中点燃了自己的眼睛。它的翅膀飞到铁丝网上时它期盼着一次死亡。

士兵们躺在灰蒙蒙的晨雾中。他们躺在茂密的灌木林里。他们在演习。他们用手、用眼睛、用额头在战斗。

军官在叫嚷着下命令。

一个士兵看到了灌木丛里的小猫头鹰。他把枪放进草里。他起身。子弹飞了。它命中了。

死者是裁缝的儿子。死者是迪特马尔。

神甫说："小猫头鹰栖息在多瑙河边，但它想起了我们的村子。"

温迪施看着他的自行车。他把子弹的消息从村子带到院子里。"现在又像在战争中。"他说。

温迪施老婆竖起眉头。"那种情况也不关猫头鹰什么事，"她说，"那是一个意外。"她从苹果树上扯下一片黄叶子。她从头到脚打量着温迪施。长时间停留在上衣胸口的口袋，那里面心脏在跳动。

温迪施感觉到嘴里的灼热。"你的见识真短，"他喊道，"甚至都没有从额头到你的嘴巴那么长。"温迪施老婆哭了，她揉碎了那片黄叶子。

温迪施感觉仿佛沙粒在脑袋里嘣嘣跳。"她只为自己哭泣，"他想，"不是为死者。女人永远只为自己哭泣。"

夏季厨房

　　守夜人在磨坊前的板凳上睡觉。黑色的帽子让他的睡眠很柔和、很沉重。他的额头苍白一片。"他脑子里又是那只田蛙。"温迪施想。他在他的两颊看到了停滞的时间。

　　守夜人在说梦话。他双腿抽搐。狗吠叫起来。守夜人醒来。他受了惊，从头上取下帽子。他的额头都湿了。"它要杀了我。"他说。他的声音低沉。它又重新回到了他梦里。

　　"我老婆光着身子、蜷缩着躺在面板上，"守夜人说，"她的身体都没一个孩子的大。面板上滴下了黄色的汁液。地面都湿了。老女人们坐在桌子周围。她们都穿着黑色。她们的辫子蓬乱。她们很久没有梳过头了。干瘪的维尔马像我老婆一样小。她手上抓着个黑色的手套。她的脚都够不着地面。她冲着窗外望去。这时她的手套从手上掉了下来。干瘪的维尔马到椅子下面找。但手套并不在椅子下面。地面是空的。地面在她的脚下太深了，她只能哭泣。她皱巴巴的脸走了样，她说：这是耻辱，人们把死者就搁在夏季厨房里。我说过了，我压根不知道我们有个夏季厨房。我老婆从面板上抬起头笑了。干瘪的维尔马看到了她。"别让人家打搅你，"她对我老婆说，然后转向我："她在滴水发臭。"

守夜人的嘴张着。他的脸颊上淌下了眼泪。温迪施抓着他的胳膊。"你自己吓自己。"他说。在他的上衣口袋里钥匙丁零当啷地响。

温迪施用鞋尖顶着磨坊门。

守夜人看着他黑色的帽子。温迪施把自行车推到板凳前。"我得到了护照。"他说。

仪仗队

警察站在裁缝家的院子里。他递给军官们烧酒。他把烧酒递给那些把棺材抬到家里的士兵们。温迪施看到了有星星的肩章。

守夜人把头歪向温迪施一边。"警察很高兴，"他说，"他有同伙了。"

村长站在黄色的李树下。他在淌汗。他看着一张纸。温迪施说："他读不懂，这是女教师写的悼词。""明天晚上他就要两袋面粉。"守夜人说。他有股烧酒味。

神甫来到院子里。他长长的黑色后襟在地上拖着。军官迅速闭上嘴巴。警察将烧酒瓶放到树后。

棺材是金属的。棺材被焊死了。它在院子里闪闪发光，好像一个巨大的烟盒。仪仗队以整齐的步伐抬着棺材，穿着靴子在行军进行曲中往院子外走。

汽车插着红色的旗帜行驶。

男人们黑色的帽子走得很快。女人们黑色的头巾走得慢些，跟在后面。她们在黑色念珠的诵念中晃晃悠悠。拉着死者的马车夫走着路。他大声说着话。

汽车上的仪仗队在摇晃。他们在遇到坑洼时紧紧抓住手枪。他们站得高高的，在大地上，在棺材上。

老克罗讷的墓穴还是黑色的、高高的。"地面没有下沉，因为没下雨。"干瘪的维尔马说。绣球花团散开好像一堆秕糠。

邮递员站在温迪施的旁边。"那该多美啊。"她说。"要是年轻人也在葬礼上的话。好多年都是这样，"她说，"村子里有人死，都没有年轻人在。"一滴眼泪掉在了她的手上。"周日早上阿玛莉应当接受接见了。"她说。

领读祈祷文的女人冲着神甫的耳朵唱。香烟在她的嘴边缭绕。她唱得呆板而神圣，她的眼白变得太大了，缓缓地淌到瞳孔上。

邮递员抽泣着。她抓住温迪施的胳膊肘。"还有两袋面粉。"她说。

拉钟声大得耳朵都要受伤了。礼仪枪弹在墓地上高高响起。一团团厚土落到棺材的金属上。

领读祈祷文的女人站在英雄十字架旁。她眼角搜寻着可以站上去的地方。她看见了温迪施。她在咳嗽。温迪施听见在她唱干了的喉咙里黏液被扯断。

"阿玛莉应当在周六下午去神甫那里，"她说，"这样神甫就可在登记册里给她找洗礼证明书。"

温迪施老婆结束了祷告。她走了两步。她站在领读祈祷义的女人面前。"洗礼证明书也许并不这么紧急。"她说。"非常急，"领读祈祷文的女人说，"警察对神甫说了，你们的护照已经制好放在签证处。"

温迪施老婆把她的手帕揉成一团。"阿玛莉周六要带一个落地花瓶回来，"她说，"这个东西易碎。""她没法从火车站直接去神甫那儿。"温迪施说。

领读祈祷文的女人在沙土里磨着鞋尖。"那她就先回家，晚些时候再过去，"她说，"日子还长着呢。"

吉卜赛人带来好运

　　厨房柜子空了。温迪施老婆把门关上。从邻村来的吉卜赛小个子女人光脚站在厨房中央，那里摆着桌子。她把锅塞进她很深的袋子里。她解开手帕的结。她给了温迪施老婆二十五列伊。"再多我也没有了。"她说。红色的舌头从她的辫子里掉了出来。"再给我件裙子吧，"她说，"吉卜赛人带来好运。"

　　温迪施老婆给了她阿玛莉红色的裙子。"现在走吧。"她说。小个子吉卜赛女人指着茶壶。"还有茶壶，"她说，"我给你带来好运。"

　　戴着蓝色头巾的挤奶女工把手推车上的床板拖到门外。她把旧的枕头绑在她的背上。

　　温迪施向戴着小帽子的男人指了指电视机。他打开电视。屏幕沙沙作响。那个男人把电视机扛了出去。他把它放在游廊的桌上。温迪施从他手上接过钞票。

　　门口停着马车。一个挤奶工和一个挤奶女工站在床前的白斑那儿。他们看着柜子和镜台。"镜子碎了。"温迪施老婆说。挤奶女工抬起一把椅子，从下面看了看椅面。挤奶工用手指敲了敲桌子。"木头很结实，"温迪施说，"这样的家具今天商场里已经没有了。"

房间空了。马车载着柜子穿街而去。椅腿搁在柜子旁。好像轮胎一样咯吱咯吱响。镜台和桌子搁在了门口的草地上。挤奶女工坐在草地上看着车子。

邮递员把窗帘卷进报纸里。她看着冰箱。"它已经卖了，"温迪施老婆说，"今天晚上拖拉机手会来拿的。"

母鸡躺在地上，头都埋在沙里。它们的脚绑在一起。干瘪的维尔马把它们塞进柳条筐里。"公鸡瞎了，"温迪施老婆说，"我只得把它杀了。"干瘪的维尔马数了下钞票。温迪施老婆伸手接过来。

裁缝的领尖那儿有根黑色的带子。他将地毯卷起来。温迪施老婆看着他的手。"人们无法逃脱命运。"她抽泣着。

阿玛莉看着窗外的苹果树。"我不知道，"裁缝说，"他在世上没做过坏事。"

阿玛莉感觉嗓子里在啜泣。她靠在窗台上。她把脸伸出窗外。她听见枪声。

温迪施和守夜人站在院子里。"村子里要来个新磨坊主，"守夜人说，"一个来自水磨磨坊地区的戴小帽子的瓦拉西亚人。"守夜人把衬衫、上衣和裤子都挂在自行车后座上。他夫掏口袋。"我说过，这些我送给你。"温迪施说。温迪施老婆扯下了她的围裙。"拿走吧，"她说，"他喜欢给你。那边还乱放着一堆要给吉卜赛人的旧衣服。"她抓抓自己的颧骨。"吉卜赛人带来好运。"她说。

羊　圈

新磨坊主站在游廊里。"村长把我派到这来，"他说，"我要住在这里。"

他的小帽子斜戴在他的头上。他的皮紧身衣是新的。他看着游廊的桌子。"这个我可能需要。"他说。他穿过房子。温迪施跟在他身后。温迪施老婆光脚跟在温迪施后面。

新磨坊主看着前厅的门。他按了按把手。他看着前厅的墙壁和天花板。他敲了敲房门。"门旧了。"他说。他靠着门框，望着空荡荡的房间。"人家跟我说，这栋房子是布置好的。"他说。"为什么说是布置好的，"温迪施问，"我把我的家具都卖了。"

温迪施老婆拖着沉重的后脚跟从前厅走出去。温迪施感觉到太阳穴在跳。

新磨坊主看着房间的墙壁和天花板。他开开关关窗户。他用鞋尖踢了踢地板。"那我就给我老婆打电话，"磨坊主说，"让她带家具过来。"

磨坊主走进院子里。他看着篱笆。他看到了邻居家的斑点猪。"我有十头猪和二十六头羊，"他说，"哪里是羊圈？"

温迪施看着沙子上的黄叶子。"我们从未养过羊。"他说。温迪施老婆拿着扫帚来到院子里。"德国人没有羊。"她说。扫帚在沙里沙沙作响。

"仓库做车库很好，"磨坊主说，"我要去弄些板子来，还要建个羊圈。"

磨坊主握了握温迪施的手。"磨坊很漂亮。"他说。

温迪施老婆把很大的波浪圈都扫进沙里。

银十字

阿玛莉坐在地上。葡萄酒杯按大小顺序排列着。烧酒杯闪闪发光。果盘肚上乳白色的花很呆板。花瓶靠在房间的墙边。在房间一角竖着那个落地花瓶。

阿玛莉手上抓着那个装泪滴珠的小盒子。

阿玛莉在太阳穴里听到了裁缝的声音："他在世上没有做过坏事。"阿玛莉的额头上一团火在燃烧。

阿玛莉感觉到警察的嘴贴在脖子上。他的呼吸有股烧酒味。他把手压在她的膝盖上。他把她的裙子往上推。"Ce dulce esti"[1]，警察说。他的帽子躺在他的鞋子边。他的上衣纽扣泛着光。

警察解开他的上衣。"脱衣服。"他说。他的蓝色上衣里面挂着一个银十字。神甫脱去他的黑色长袍。他从阿玛莉的脸上捋下一缕头发。"擦干净你的口红。"他说。警察亲吻着阿玛莉的肩膀。银十字掉

---

1 罗马尼亚语：你真甜美。（书中所有注释均为译者注）

130

到他的嘴边。神甫抚摩着阿玛莉的大腿。"把内衣脱了。"他说。

阿玛莉透过开着的门看到祭坛。玫瑰间有一台黑色的电话。银十字挂在阿玛莉的双乳间。警察的手按在她的胸上。"你的苹果真甜美。"神甫说。他的嘴湿了。阿玛莉的头发从床沿悬下来。椅子下放着白色的凉鞋。警察喃喃自语:"你的味道真香。"神甫的手很白。红色的裙子在铁床床尾闪亮。玫瑰间的电话铃响了。"现在我没有时间。"警察咆哮。神甫的大腿很沉。"把你的腿在我的背上交叉。"他低语道。银十字压在阿玛莉的肩膀上。警察额头湿了。"转过身去。"他说。黑色的长袍挂在门后长长的钉子上。神甫的鼻子冰冷。"我的小天使。"他喘息着。

阿玛莉感觉到白凉鞋的鞋跟踩在肚子上。额头的火在眼睛里燃烧。阿玛莉的舌头在嘴里紧紧咬着。银十字在窗户玻璃上闪着光。苹果树上挂着个影子。影子是黑色的,翻上来的。这个阴影是个坟墓。

温迪施站在门里。"你聋啦。"他说。他递给阿玛莉那只大箱子。阿玛莉把脸转向门口。她的脸湿了。"我明白,"温迪施说,"告别是沉重的。"他站在空旷的房间里显得非常高大。"现在又像在战争中,"

他说，"人们走了，却不知道是否还能回来，怎样回来，啥时候回来。"

阿玛莉又一次将泪滴珠灌满。"泉水就不会那么湿了。"她说。温迪施老婆把碟了放进箱了里。她把泪滴珠拿在手上。她的颧骨很柔软，她的嘴唇很湿润。"不应当相信还有这样的东西。"她说。

温迪施脑子里感觉到她的声音。他把他的大衣扔进箱子里。"我受够了它，"他叫道，"我不想再见到它了。"他低下头。他又轻轻地补充道："它只会让人们伤心。"

温迪施老婆将刀叉塞进碟子中间。"就是这样。"她说。温迪施看着她的手指，那个她从头发中抽出来的黏糊糊的手指。他看着他护照上的照片。他摇了摇头。"这是艰难的一步。"他说。

阿玛莉的玻璃在箱子里闪光。房间墙壁上的白色斑痕在扩大。地面很冰凉。灯泡把长长的光线投射到箱子里。

温迪施把护照塞进上衣口袋里。"谁知道我们会怎样。"温迪施老婆叹了口气。温迪施看着刺眼的灯光。阿玛莉和温迪施老婆关上了箱子。

波浪烫发

篱笆里一辆木制的自行车发出刺耳的吱呀声。上面，在天上，一辆云雾的自行车正静静地飘动。白色云雾周围是水的云彩。灰蒙蒙的、空荡荡的，像水塘。水塘周围只有寂静的山脉。灰蒙蒙的山脉满载着思乡情。

温迪施提着两个大箱子，温迪施老婆也提着两个大箱子。她的脑袋走得太急。她的脑袋太小。她生硬的颧骨已经裹在了黑暗中。温迪施老婆把她的辫子剪了。短发已经烫成波浪。她的嘴因为装了新的假牙而变得很硬很窄。她大声说着话。

阿玛莉的头发有一缕散了，从教堂花园前飘到黄杨树。那缕头发又回到了她耳边。

坑地龟裂，灰灰的。杨树好像一把扫帚立在天空中。

耶稣睡在教堂门的十字架旁。他醒来时已经老了。村子里的空气比他裸露的皮肤要亮。

邮局的铁链上挂着锁。钥匙在邮递员的家里。钥匙打开锁。它打开接见用的床垫。

阿玛莉提着装玻璃的重重的箱子。她的肩上挂着她的手提包。包里放着装泪滴珠的盒子。阿玛莉另只手提着舞女的落地花瓶。

村子很小。在支路上人们走着。他们很远。他们互相离得很远。玉米就是街尽头的一堵黑色的墙。

温迪施看到火车站底座周围停滞的时间那儿的灰色烟雾。铁轨上方是奶白色的表层。它一直粘到脚后跟。表层上方泛着玻璃的光芒。停滞的时间网住箱子。它拽住胳膊。温迪施在鹅卵石上出声地喘气。他闯入了。

火车的台阶很高。温迪施从奶白色的表层抬脚上去。

温迪施老婆用手帕掸了掸板凳上的灰尘。阿玛莉在膝盖旁抓着落地花瓶。温迪施把脸贴着车窗。车厢墙上挂着一幅黑海的图。水是静止的。画在晃动。它跟着开动。

"坐飞机我会很难受,"温迪施说,"我从战争中了解到的。"温迪施老婆笑了。她的新假牙咯嗒咯嗒作响。

温迪施的西装绷得很紧。袖子用手拽着。"裁缝给你做得太小了，"温迪施老婆说，"糟蹋了一块好料子。"

温迪施在行驶过程中感觉到他的头慢慢被沙子填满。他的头很沉。他的眼睛沉沉地睡着了。他的双手在发抖。他的双腿在抽搐，警觉着。温迪施透过玻璃看到宽阔的、锈色的灌木林。"自从猫头鹰带走了裁缝的儿子，他的脑子就没法动了。"温迪施说。温迪施老婆手托着下巴。

阿玛莉的头靠在肩膀上。她的头发盖住了她的脸颊。她在睡觉。"她能睡着。"温迪施老婆说。

"自从我剪了辫子，我就不知道该怎么支撑脑袋。"她的新裙子带着白色的绣花领子，闪着水绿色的光。

火车轰隆着通过铁桥。大海在河面上的车厢墙上摇晃。河里水少沙多。

温迪施望着小鸟振翅飞翔。它们排着散乱的队形飞行。它们在河谷地带找寻森林，那里只有灌木林、沙子和水。

火车开得很慢，因为轨道交错，因为城市要到了。在城市前面躺着陈旧的铁轨。小房子竖在杂草丛生的花园里。温迪施在看有多少条轨道交错在一起。他看到在交错的铁轨上停着其他火车。

绿色的外衣上挂着金十字架项链。十字架周围都是绿色。

温迪施老婆动了动胳膊。十字架在链子上摆动。火车开得飞快。它在其他火车中找到了一条空着的轨道。

温迪施老婆站起来。她目光呆滞但自信。她看到了火车站。在波浪下的头盖骨里，温迪施老婆已经在装扮她的新世界，她将提着她的大箱子走入这个世界。她的嘴唇好像冰冷的灰烬。"如果上帝乐意，我们明年夏天就去拜访。"她说。

站台很破落。坑洼里积满了水。温迪施把车门关上。在车上一个银环在闪烁。里面三个棍子好像三根手指。马达盖上躺着苍蝇死尸。玻璃上粘着鸟粪。后面行李箱上放着柴油发动机。一辆马车丁零当啷。马匹瘦骨嶙峋。车上都是灰尘。马车夫是个陌生人。小帽子下面是一对大耳朵。

温迪施和温迪施老婆穿着同样的布料走在路上。他穿着灰色的西装。她穿着同样质料的灰色套装。

温迪施老婆穿着黑色高跟鞋。

在坑地温迪施感觉到了鞋底下裂缝的拽扯。他老婆苍白的小腿肚上的青筋消失了。

温迪施老婆看着红色的斜顶。"好像我们从未在这里住过。"她说。她说起来好像这些红色的瓦砾的斜顶都在她的脚下。一棵树在她的脸上投下了阴影。她的颧骨像石头一样硬。影子又回到树里。他将褶皱留在了她的下巴上。她的金十字闪闪发光。阳光捕捉到了它。太阳将火焰留在十字上。

女邮递员站在黄杨树篱笆旁。她的漆皮包上有条裂缝。女邮递员伸过脸去接吻。温迪施老婆给了她一盒斯波德运动巧克力。天蓝色的纸在闪亮。女邮递员用手指摩挲金边。

温迪施老婆动了动僵硬的颧骨。守夜人走过来。他抬了抬黑色的帽子。温迪施看到了他的衬衫和上衣。风将一片斑驳的影子赶到温迪施老婆的下巴上。她转头。斑驳的影子落在了套装的上衣上。温迪施老婆领子旁带着斑驳的影子，好像带着一颗死亡的心脏。

"我有老婆了，"守夜人说，"她是山谷里羊圈的挤奶工。"

温迪施老婆看到那个挤奶工戴着蓝色的头巾站在酒馆面前温迪施的自行车旁。"我认识她，"温迪施老婆说，"她买走了我们的床。"

挤奶工望过街道看着教堂广场。她在吃着苹果等待。

"那你就不想要移民了？"温迪施问。守夜人把帽子在手上揉来揉去。他朝酒馆望去。"我留下来。"他说。

温迪施看着他衬衫上的污渍。守夜人的脖子上一根血管跳动着进入停滞的时间。"我老婆在等着。"守夜人说。他指着酒馆那边。

裁缝在阵亡战士纪念碑前抬了抬帽子。他走路时看着脚尖。他站在教堂门前，干瘪的维尔马身旁。

守夜人把嘴巴贴着温迪施的耳朵。"村子里有一只小猫头鹰。"他说。"它很熟悉。干瘪的维尔马已经因它病了。"守夜人笑了。"干瘪的维尔马很狡猾，"他说，"她把猫头鹰吓跑了。"他望着酒馆那边。"我走了。"他说。

裁缝的额头上一只菜粉蝶扑打着翅膀。裁缝的脸色煞白。好像他眼睛下挂着一块白布。

菜粉蝶飞过裁缝的脸颊。裁缝低下头。菜粉蝶从裁缝的后脑勺里飞出来，白白的，没有被压皱。干瘪的维尔马用手帕在拍打。菜粉蝶穿过她的太阳穴进了她的脑子里。

守夜人在树下走着。他推着温迪施那辆旧自行车。汽车银环在守夜人上衣口袋里晃荡。自行车旁挤奶女工光脚走在草地上。她的蓝色头巾就像一块水斑。叶子在里面游动。

领读祈祷文的女人拿着厚厚的赞美诗集慢慢走过教堂门。她拿着圣安东尼的那本书。

教堂的钟敲响了。温迪施老婆站在教堂门口。管风琴声在黑暗的空气中嗡嗡嘤嘤地穿过温迪施的头发。温迪施走在他老婆身旁，穿过凳子间光秃的走道。她的鞋跟在石头上咔咔作响。温迪施弯曲合拢的双手。温迪施挂在他老婆金色的十字上。在他的脸颊上挂着一滴玻璃珠。

干瘪的维尔马的眼睛盯着温迪施。干瘪的维尔马低下头。"他穿着国防军的制服，"她对裁缝说，"他们去领受圣餐，但没有忏悔。"

独腿旅行者

安尼　译

可我已不再年轻。

——塞萨尔·帕韦泽

第一章

旋转的雷达伞之下是小村庄，之上是天空，小村之间站着士兵。这里曾是另一个国家的边界。伸进半空的陡峭海岸，茂密的灌木丛，岸边的丁香，在伊蕾娜眼中，已经变成另一个国家的尽头。

在水边看这个尽头，伊蕾娜看得再清楚不过。潮来潮去。来时快，去时慢，直到游泳者的头后面很远，直到遮住天空。

在这个松绑的夏天，伊蕾娜第一次感到，远去的水面比脚下的沙滩还要近些。

峭壁台阶旁边的地面裂成了碎块。跟以往每个夏天一样，伊蕾娜看到竖在上面的警示牌："当心滑坡。"

在这个松绑的夏天，还是第一次，这个警示语跟伊蕾娜的关系甚于跟海岸本身。陡峭的海岸就像是碎土块和沙子垒成的，就像是被士兵盖好的。于是，雾气无法入境，无法深入腹地，不管它从何方而来。

晚上，士兵们喝醉了，又开始走来走去。酒瓶子在灌木丛里叮叮咣咣。他们从远处的保龄球馆里出来，跌跌撞撞地站到酒馆里，他们，那些穿着夏装的士兵们，站到了雷达伞的大喇叭下面。雷达伞只是在捕捉灯光和水面颜色的变化。它们属于另一个国家的边界，跟另一个国家边界上的士兵一样。

在夜里，天水互为一体。

天空闪着斑驳的微光，跟星光一同躁动，随潮水起起落落。天空漆黑无声。水面波涛汹涌。

当水色早已深不见底，一浪高过一浪，天却还是灰色，直到夜从地下钻出来。

邻村小酒馆的摇滚乐已经持续了两小时，伊蕾娜沿岸边也走了两小时。每晚都是两小时。

这大概可以叫作散步。

第一个晚上，伊蕾娜曾向天空和水面张望。接着，一片小树丛动起来，跟别的树丛不太一样。它不是被风吹动的。

树丛后面站着一个男人。水波涌动的时候，他的声音也高了一些，好像要说什么悄悄话，男人说：看着我。别走开。我不会对你怎样。我不要你干什么。我只想看着你。

伊蕾娜站住了。

男人在摩擦他的生殖器。在呻吟。海浪没有盖过他的声音。

接着，他的指缝滴出了东西。他的嘴巴扭曲，他的脸变得苍白而衰老。水波涌动。男人闭上了眼睛。

伊蕾娜转过身背对他。伊蕾娜僵住了。她看见烟雾从港湾的尽头升起，烟雾下面停着船。

风吹着树丛。男人已经走了。

伊蕾娜没去港湾的尽头。她不想见任何人。有船的地方，冒烟的地方，现在看不见人脸。

接下来的日子，晴朗而又空空荡荡。

伊蕾娜过的每个白天都是为了挨到夜晚。那些夜晚把白天打成结系在一起。颈动脉怦怦地跳，脉搏在跳，双鬓的太阳穴在跳。夜晚把白天系得如此之紧，乃至足够把这一整个松绑的夏天再次握起来。

夜晚不再等同于散步了。伊蕾娜跟着时钟的指针行动。

伊蕾娜很准时。

男人也很准时。

每个夜晚，男人都站在同一片小树丛后面，身体在落叶间半遮半露。伊蕾娜穿过沙滩。他已经解开了裤子。伊蕾娜站住不动。

他不再说一个字。伊蕾娜看着他。他呻吟着。每个夜晚，他都用一样长的时间呻吟。海浪冲刷不掉那声音。每个夜晚，他的嘴都一如既往地扭曲，他的脸一如既往地苍白，衰老。

当他安静下来，海水的咆哮声一如既往地越来越高。灌木丛一如既往地变顺从。仅仅随风而动。每晚如此。

白天，伊蕾娜寻找这个男人；晚上，他走了以后，她还在找他。她在酒馆附近找他。从来没找见过。或者见的次数多到认不出他了，因为街头和酒馆里的他，是另外一个人。

那本可以变成一种爱。然而在这一切发生的那些白天，在那些夜晚的间隙，除了一个叫作"习惯"的词，伊蕾娜竟找不到别的。她感觉好像错过了什么。好像当初，暴露在天空和沙滩之间，一时回不过神来。爱情怎么可能是"准时的"呢?

伊蕾娜在寻找这个男人，结果找到了弗兰茨。

她在火车道边的小酒馆门前看见弗兰茨。弗兰茨在门口席地而坐。头靠着一把椅子。

弗兰茨与其说是坐着，不如说是躺着。摇滚乐队很吵。音乐声震耳欲聋。弗兰茨是醉汉一条。

醉汉半闭着眼睛半张着嘴，对着天空说话。他面前是村里孩子的腿。腿被树丛刮伤了。孩子们都光着脚丫。

醉汉跟孩子们说着德语。也在自言自语。

他说着支支吾吾断断续续的话。孩子们应和着他的话，用另一个国家的语言。他们一边把他的头靠在一棵矮树旁，一边向四周张望。

那是两种不相通的语言对彼此的接近。一种对外国人的接近，一种被禁止的接近。

孩子们咻咻笑着，笑得不太自信。还有点幸灾乐祸，有点悲伤滋味，因为有些话让他们还听不太懂。不过他们知道，这个外国人不仅买了醉，也买了他们的海景。

有时候，会有长长的货运火车开过村子。货车咣啷咣啷地开进深夜，那动静盖过了音乐。

接着传来母亲们的呼唤。孩子们把醉汉一个人留在那儿，留在地上，椅子边，矮树旁。他们头也不回，沿着铁路路基跑回村子。天早已经黑透。

乐手们把乐器打包装进小箱子。只有架子鼓依然立在桌子之间。

那个外国人怎么了，鼓手问。

他指指醉汉，用鼓棒掠过额前的头发。把鼓棒塞进上衣口袋，向门口走去。

来吧，他对伊蕾娜说。得了，够了。

伊蕾娜穿过酒馆。

她没跟着来。

伊蕾娜走向了醉汉。

来，伊蕾娜说，来，站起来。你必须离开这儿，警察马上就会到。听见没有。

伊蕾娜把醉汉放在附近一棵树旁，让腿抵在树干上，以免他倒下。

天哪。喂，伊蕾娜说。

她够不到他的肩膀，因为他一站起来，实在太高太重了。

干嘛要这样。

醉汉没有怎样。他在左摇右晃。

你住哪儿，说呀，你住在哪里，我带你回去。

他脸型瘦长。他半张着嘴，看着伊蕾娜的眼睛。

上帝，我住哪儿。住在马尔堡，他说。

伊蕾娜笑着叹了口气。她抓住他的裤腰，因为他太重了，还不停地晃。何况他比她年轻不少。何况他的鞋里灌满了沙子。何况街道弯弯曲曲。

回马尔堡吧，伊蕾娜说。

他不耐烦地摆摆手。

不，不回马尔堡。

不回马尔堡，伊蕾娜说。回宾馆。你的宾馆在哪。

海边的高楼。供外国人看海的宾馆。窗口能望到远方。那里是不准伊蕾娜进的。

醉汉找到了宾馆。找到了钥匙。找到了电梯。夜班门房在打电话。伊蕾娜按照钥匙串上的数字找到了房间。打开灯，开关挨着门。

桌子上放着一本书：《山丘上的魔鬼》。

醉汉一把推开窗户。伊蕾娜把他扶到两张床中的一张上。

你叫弗兰茨。孩子们都这么叫你。

他没明白这个问题意义何在。没作声。灰色的眼睛，牙齿顶着嘴唇，犬齿的边缘就像一片薄薄的白色锯子。

我喝醉了，可你居然说德语。你没喝醉，怎么会说德语。

伊蕾娜走到窗边。向外面看。

这个我明天再告诉你。

弗兰茨不省人事了。他甚至都不知道，他睡着了而且还是张着嘴睡的，他的嘴巴很干，嘴唇像海岸的碎石一般粗糙。

伊蕾娜看着窗帘一直垂到地上。她呆呆地望出去，望着海天之间的黑色平面。弗兰茨的手在睡梦中动了动。光线之下，睡着的脸被白色的床衬得若即若离。

一股欲望向她袭来。那不是欲望，而是一种无机物的状态。那状态属于石头和海水。属于货运火车和门以及上上下下的电梯。

外面黑色平面上，铺着深夜笔直的铁轨。

脸上吹过的风，让伊蕾娜感觉到房间位置很高。星星刺进她的额头。海水涌向脚下很远的地方。

不，伊蕾娜对窗外说。

她走到洗手池旁。她用手捧着喝了口凉水。她关了灯。像弗兰茨一样，和衣睡在另一张床上。她感觉到，狭长小道里的房间向窗口延伸，伸进空空的平面，那里的黑暗更加凝重。

伊蕾娜在黑暗里哭不出来。

伊蕾娜不知不觉就睡着了。

直到天光将眼皮打开。

弗兰茨光着身子从浴室里走出来。一道光斑顺着墙面，洒到床边。弗兰茨坐到了床沿上。

昨天晚上，他说。

你怎么来这儿的。

我记不清楚了。

我也不大清楚，伊蕾娜说。我申请了出国。

这是最后一个夏天。我在等护照。

弗兰茨点点头。

我把你拖回来的，伊蕾娜说。你可真沉。

弗兰茨摩挲着伊蕾娜的手指。

这片海，弗兰茨说。

伊蕾娜看向房顶。她摸着床边的那道光斑。

弗兰茨把伊蕾娜的手指从光斑里拽过来亲吻。他看见自己那张空荡荡乱糟糟的床。然后歪着脑袋望向窗外。太阳很大。

村里人吃什么。

鱼。

早上呢。

鱼。

孩子们呢。

鱼。

伊蕾娜感觉到，她的眼泪顺着鬓角滑进耳朵。

我想洗个澡，这总比哭好。我身上还带着昨天的味道。

弗兰茨压在她身上：我想和你睡觉。

那道光斑在旋转，闪烁。接着，伊蕾娜的头脑闭合了，眼睛也闭上了。她的目光在整个身体里搜寻着内部通道。她在感受弗兰茨，感受他的骨骼，仿佛那骨骼属于她的身体。

身体很热，它找到了对的语言。当伊蕾娜说话的时候，整个身体都在跟着思考，在沉思。

之后，伊蕾娜跟弗兰茨来到了火车站。弗兰茨坐车回马尔堡。

伊蕾娜的兜里有张纸，上面是他的地址。伊蕾娜的脑子里，还有那幅沙子绘成的图。弗兰茨放杨树叶的地方，是马尔堡。弗兰茨放石头的地方，是法兰克福。

伊蕾娜不愿去想离别。

然后火车开走了。

伊蕾娜穿过杨树大道走进村子。在一座房子前，她看见晚上在酒馆外玩耍的一个小孩儿。风在吹，树丛在伊蕾娜腿边摇来晃去。

看不见了，弗兰茨说。

伊蕾娜说，就忘了吧。[1]

胡说，弗兰茨说。

伊蕾娜走到邮局。伊蕾娜买了一张明信片，上面是港湾。

伊蕾娜写道：

其实我根本不希望你给我写信。那样我得给你回信。而我是想主动写给你。二者不是一回事。

你估计什么时候能来，弗兰茨之前问。

伊蕾娜先寄出了卡片。她让卡片从信筒掉向马尔堡。听到它被打开，就好像它不再完整。信筒空空。

信筒的筒底发出的，是不安的声音。不安的，是伊蕾娜自己。在焦急中等待着她的护照。

电话员在吃鱼。

能望到远方的房间，伊蕾娜大声说。

电话员微笑着：从嘴里拽出一枚尖尖的白色鱼刺。

接下来是海在咆哮。伊蕾娜已经走了很远，沿着

1　原文将一句德语成语"眼不见，便忘记"用对话的方式拆成两句。

海岸。

伊蕾娜走得很快。她想准时到达。

她错过了两个晚上。

伊蕾娜在沙滩上站住了。树丛只是被风吹动着。

男人没在那儿。

海水在拍打着小船。撕扯之余，又把它推向沙滩。木头嘎吱作响。

伊蕾娜听到了声音，是咯咯的笑声。

一棵杨树摇曳着。不是被风吹的。杨树后面站着那个男人，在摩擦着他的生殖器。

他脚下的沙滩上坐着三个姑娘。她们在吃鱼。她们在咯咯地笑。

第二章

您刚才闭眼了，摄影师说，您看起来太严肃了，想点美好的事情。

我不能想，伊蕾娜说，也不想想。

他按下快门。

您的嘴唇抿得太紧。

伊蕾娜闭紧嘴唇，是为了不闭眼。

如果您看见自己这个样子，他说，会笑的。

他按下快门。

如果您知道我眼睛后面看到的。

伊蕾娜话没说完，也没想好该怎么把话说完。

他按下快门。

您可以睁开眼睛。眼睛后面是什么，谁也看不见。反正我是看不见。您想让人看见么。

我倒是不反对。对我来说无所谓。

您是不反对，还是无所谓。

您说，没人看得见。为什么还要我来决定。

因为那事儿让您惦记，否则您不会那么说。

您说，那事儿让我惦记。

我倒挺愿意给您照张闭着眼睛的相片。

他按下快门。

那没用。他们要的是护照相片，出入境管理局不收闭眼的照片。

您还化过妆。您得承认您是想漂亮点的。这不挺好嘛。我觉得这样很好。或者您化妆是为了不被发觉。

我化妆，因为我之前想漂亮点，伊蕾娜说。一直都是这样。

一直都化妆。

是不是有人去世了。他问道。

伊蕾娜摇摇头。

那就是爱情了，他说。上了年纪的人是死亡，年纪轻轻的是爱情。

他按下快门。

伊蕾娜心血来潮，想把护照相片拿去淋雨，不过并没那么干。她从第一栋房子门口的房檐下走过。从纸袋里拿出一张照片，仔细看着。

一个熟悉的脸，不过跟她本人不一样。从那些关键性的特征，伊蕾娜的关键特征，从眼睛，从嘴巴，从鼻子和嘴巴之间的纹路看，照片上都是一个陌生人。一个陌生人溜进了伊蕾娜的脸。

伊蕾娜脸上的那份陌生曾是另一个伊蕾娜的。

伊蕾娜梦见她在收拾行李箱。

屋了里到处是夏天穿的短上衣。

箱子满满的。

伊蕾娜又放了几件进去。衣服不太好叠，因为太轻了，轻得从手里滑落下来。

伊蕾娜听到身后的脚步声。

走进房间的是独裁者。

他踩在衣服上。那些衣服在他眼里无异于落在树下的叶子。

他穿过房间，好像面前是一条宽敞的街道。他朝箱子走过来。

那边比较冷，独裁者说。

他把领子提高。

他把两只手都插进了上衣口袋。

伊蕾娜把贴着另一个伊蕾娜照片的护照放进手包，拎着它穿行在城市里。

四个邮差从旋转门的四个格子走出来，一个接着一个，从邮局走到街上。转门还在转着，此时邮差已经站在人行道上大声嚷嚷起来。

伊雷娜随着邮局大厅旋转门的频率，带进了一个恼了。

大厅里嗡嗡一片。

伊蕾娜来是想给弗兰茨打电话。她在脑子里编排了几句简短的话。即便想象中听起来也不太可信：

我好想见到你。我总是想起你。我几乎不敢相信。或者直接说吧：我要来了。可是日期时间，伊蕾娜都还不知道。

话务员向伊蕾娜索要护照。她说话声特别大，简直就是在喊。

伊蕾娜报着电话号码。

话务员耸耸肩：

我听不懂您在说什么。

当伊蕾娜把音调抬到跟话务员一样的高度，后者才在纸上记下电话号码。她写得很慢。

稍等，她说。

她用指尖在一张单子上搜着。

马尔堡，伊蕾娜说。

我一个字也听不懂。

伊蕾娜改用喊话的方式。电话员摇摇头：

没有，列表上没有。

伊蕾娜看着话务员的指尖：

在法兰克福附近。

目录上没有。

拜托了，伊蕾娜说。

没有。有汉堡，弗莱堡，维尔茨堡。全在这儿。您往边上站一下，您挡住光线了。

话务员合上伊蕾娜的护照，从窗口递给她。她说，您耽误了我的时间。她朝伊蕾娜身后的女人看过去。

由于伊蕾娜还站在那儿，话务员作出拒绝的手势，摇晃着那刚刚搜索过目录的指尖：

我不是瞎子。而您是聋子。

伊蕾娜朝旋转门走去。她站进转门格子。一个戴毡帽的男人站在临近的格子里，他用指尖敲打着门玻璃：

站反了，他说。

伊蕾娜转身朝着另一个方向。男人转着门。伊蕾娜看不见他的脚步，却跟着他的步幅走到街上。

第三章

男人们从机场的检查室零零散散地走进候机大厅。穿制服的男人引起侦探的注意。后者正在搜一个男人的西装口袋。穿西装的男人抬起双臂转过身，嘴里叼着登机牌。

当他走进候机大厅的时候，所有人都看着他。他坐下以后，往检查室里面看。另一个穿西装的男人在那里接受检查。男人一边看，一边调整着坐姿。

航班就绪，旅客登机，扩音器里传来一个女人的声音。

伊蕾娜暗想，站在那边的一个个男人，哪一个能跟她睡觉呢？怀着这个问题，她又看了一眼那些男人。跟之前的看不一样，这回在每个人身上都看到讨厌之处。

上了点岁数的男人，眼里漂浮着功成名就的影子。多年以来他们的脸一直立于不败之地。想到他们就这样老去，伊蕾娜感到一丝宽慰。

伊蕾娜看到一个上了年纪的人，小拇指上戴着一个厚厚的金戒指。她想象着自己躺在床上，等着这个老头。她仿佛看见老头在脱衣服，看见他脱下外套挂在椅背上，裤子放在椅面上，衬衫搭在外套上；看见他把内裤和袜子丢在地毯上的椅子下面，因为他习惯性地漠视那些东西；看见他走到床边，发现忘了摘眼镜；看见他借这个机会把金戒指从手上摘下来，放在桌上，眼镜旁边。

伊蕾娜听见自己说：你干那事儿的时候，必须戴上金戒指。

传送带空转着。行李箱还没到。伊蕾娜透过玻璃望向窗外的地面。她的头很沉，似乎云层太低所致。灰色的杂乱的云团好像穿透了她的头。

接着伊蕾娜回过神来，跟那个戴金戒指的眼镜男的故事只是自己的虚构，因为预感告诉她，弗兰茨的脸此刻就在门的后面。但他却宁愿保持距离，即便与伊蕾娜仅仅唇齿相隔之时。这种预感一直蔓延到指尖。

弗兰茨不在那儿。他的脸没有出现在出口处。

在出口处，她看见了一个男人，胸前举着一个牌子，上面写着：伊蕾娜。

伊蕾娜低头看脚下，想到跟她同名的人太多了，就没想到那人要接的是自己。

伊蕾娜想给那个被接的伊蕾娜留出时间，想看着她如何走到那个人跟前，想看看她长什么样。

伊蕾娜听着传送带的嚓嚓声。旅客一个个从她身旁经过。

伊蕾娜努力去想，她第一次失去耐心是什么时候。当时她是不是预感到，以后还会这样反复失去耐心。当时她是否想过，当她忍不下去的时候，该怎么办。

这时候伊蕾娜想起了书里的一句话。这句话跟着她颠沛流离好多年：可我已不再年轻。

时过境迁就像一种习惯，一如既往：**舌尖上有所期盼**。但伊蕾娜还不知道具体是什么，只知道这个期盼对她有所隐瞒。

一阵不甘罩住了伊蕾娜。

是呀，时过境迁就像一种习惯：图像成像太慢，灰色中还是灰色，吹成一堆。一丝痕迹梗在喉咙。

伊蕾娜看见一片用白线刷过的场地，辽远空旷。

这片草坪的分区很奇怪。两个穿西装的男人走过草地，走向彼此。草地泛黄，随风摇摆。两个男人走得都很慢，不大情愿地保持步调一致。从二人的步态看，似乎一个并不想见到另一个。

当他们的鞋尖头碰头、几乎就要碰到一起，他们拥抱了，一个人趴在另一个的肩膀上空洞地看着前方。

他们拥抱着，毫不激动。拥抱就像人们不知不觉的一个小小的日常行为。

伊蕾娜认出了那张朝向她的脸。

那是独裁者的脸，是他把她赶出另一个国家。

独裁者抬了一下眼，看着伊蕾娜。

伊蕾娜退步离开，但没有转身，因为她想看着独裁者的眼睛。

伊蕾娜退得越远，独裁者离那个陌生人就越近。

这时候写着伊蕾娜名字的牌子朝她走来。举着牌子的男人说：

你是伊蕾娜。之前的描述不对。太好了，我们接上头了。我是施特凡。弗兰茨来不了。

他吻了一下伊蕾娜。

当他接过箱子，她看了他一眼。

伊蕾娜看着施特凡的眼睛，他把头扭开。

伊蕾娜从另一个国家就见识过这种逃亡中的眼

神。那是害怕。

当人们在抵达大厅里大声说话的时候，他们的喉咙里还藏着另一个人。伊蕾娜对这喉咙里的另一个人很熟悉。

由于陌生人总是把熟悉的人藏在喉咙里，他们就不是纯粹的陌生人了。他们比陌生人还要陌生。

伊蕾娜想重复施特凡的最后一句话。可那句话已经消失了。嘴唇的蠕动搅乱了听力。

模仿比发明要难。

第四章

窗帘摇动。

窗帘摇动，尽管窗户是关的，尽管门口没有人走进来。

那是一袭白色的飘窗窗帘，就像那种同时发生许多事情的房间里挂着的廉价窗帘。

这里是一间办公室，在城市尽头，树冠之上。这里，是临时难民营里的一间办公室。

您肯定已经留意到了，官员说，您现在在联邦新闻局。这不是什么秘密。

全世界的办公室都一个样，伊蕾娜说。像您这样的人，身份并不写在脸上。而且您还什么都没问呢。

他的椅子咯吱了一下。

您在入境以前是否跟当地情报部门打过交道。

不是我跟他们，而是他们跟我。这是两码事。伊蕾娜说。

官员穿着一件深色西服，伊蕾娜在另一个国家见过这种衣服。颜色介于褐色和灰色之间。只有影子人[1]才有这种颜色。只有属于影子人的衬衫，才有蓝白色。

请您暂时把甄别工作交给我们。我总归是靠这个吃饭的。

就连头部的姿态，侧着的半边脸，略微朝下的样子，伊蕾娜都认得。下巴总是高过肩膀一点点，说话时碰不着肩膀。

官员一个胳膊肘拄在桌子上。桌面上摆着各种脸，还有各类衣服：乞丐式，运动款，青春款，成熟风，制服类。

伊蕾娜说出了五个名字，描述了五个人。

官员在筛选。剩下的不过是一些模棱两可的相遇。在他眼里，这就是伊蕾娜的生活：被监视了三十年。

这个人用目光搜索着，他知道什么啊？他认识车停向路沿儿的声音，认得城市里桥梁的回响和公园里树叶的边缘吗？他见识过狗饿得没了力气，左摇右晃，到处乱串，在垃圾桶旁扎堆儿，顶着日头汪

1　原文中 Schatten 既可以作影子讲，又有便衣警察、幽灵等意思。

汪叫吗。它们身上跟他的西装是一个颜色。它们也是影子人。

指甲呢，耳垂呢？官员问。

这些当时都不重要，伊蕾娜说。

您再想想。

官员摇摇头。他的脸帮了伊蕾娜的忙。她看着这张脸，说她看到了什么。

请留意折页纸上的话。

他用手托住下巴。

扁平的额头，胖乎乎的手，衣服跟您的一样，伊蕾娜说。

他相应画叉打上标记。

您是否想过颠覆政府。

没有。

窗外汽车呼啸着驶向远方，驶出城外。

我属于没法归类的那种人，伊蕾娜想。领导人误入歧途。这是另一个国家的常用语。她的意思是，不经大脑，一条路跑到黑。

外边变天了。一片云穿过窗帘间的缝隙。

官员把伊蕾娜送到了门口：

如果您还有吩咐，随时恭候。我没有恶意。

他的手碰到门把手时，窗帘动了。

门动的时候，窗帘没有动。

一天已经过了一半。整整一个下午过去了。

空气透着凉意。伊蕾娜眯起眼睛看着城小的霓虹灯字，看着忽明忽暗的十字路口，看着不知伸向何方的街道。

伊蕾娜哑然而笑。她用胳膊紧紧裹住胸口，踩着脚掌的最外边走。

她脑袋里正想着别的事情。假如早知道事情是这样，她完全不会像刚才那么做。

临时难民营已经满员。伊蕾娜住在弗洛腾街上的政治难民营里。弗洛腾街是一条死胡同。

街道这一边是铁路路基。另一边就是难民营。

弗洛腾街的生活有如大型港口一般艰苦，强度堪比铁棍，那种在水里折射后力度加倍的铁棍。

路基上横陈的铁轨已经生锈。盘根错节的树木将枝条驱赶到地上，围着树干散开。上面光秃秃，下面长满叶子。那既不叫树，也不叫树丛。

难民营是一个砖房，总共有三层。因为是红色的砖，显得楼特别高。楼的一半归警察局。另一半是难民营。

一张床，一张桌子，一把椅子。一个烧水壶，一个铁柜子。

窗边有吊车和混凝土预制构件，颤颤巍巍的。伊蕾娜喝牛奶时，工地的噪音包围了房间。

弗洛腾街上的人走路没有声音。弗洛腾街上的脸跟老照片的颜色一样。尽管他们脸色很暗，但颧骨的凹陷处看上去却是惨白。又或者，那惨白刚好是他们由脸色太暗所致。

弗洛腾街上的人身上穿的都是捐来的衣服。脖子和肩膀之间的布都开线了。

伊蕾娜知道超市箱子里有便宜鞋。她见到男人和女人蜂拥着冲向箱子。孩子们也夹在其中，他们想把妈妈和爸爸拽走。孩子们哭哭啼啼。

伊蕾娜看见男人和女人怎样找到一只适合自己的鞋。他们一只手把它高举在头上。另一只手还在散乱的鞋堆里继续扒拉着。

从一只鞋到另一只鞋之间的距离，一直都在。距离在背后越来越大。甚至裹住了肩膀。

即便在眼睛里，也存在这样一种距离。即便到了以后，当弗洛腾街上不再有难民走来走去，当他们

171

去邮局，当他们从城市的荒凉一角用超大的声音讲电话，当他们在卡片上把生的讯息传递到另一个国家，距离也一直都在。

城铁从难民营后面驶过。天空垂直竖在那儿，压向睫毛。由于施工，向上走的过道被木板墙围起来，墙上涂鸦成片，墙面坑坑洼洼。

站台上边有风。站台下边有墙。

光线刺眼。雾气冰冷。

伊蕾娜朝下面的难民营又看了一眼。又朝上看了一眼路基和无声的铁轨。又朝下看了一眼围墙。

这是一个为犯罪而设计的舞台布景。

一个穿制服的男人拿着通信设备沿着铁路走。他用目光丈量寂静。他对着设备讲话。讲话的时候，设备离嘴非常近。他的步态很规律。他感觉不到雾气的干扰。

穿制服的男人，是这出戏里的第一个人物。

伊蕾娜呢，她犹豫了一下，还是把自己算成了第二个角色。

戏的名字跟站台的名字一样：威廉姆斯胡[1]。

1　柏林东北潘考夫区的一处地名，曾紧邻柏林墙。

一片薄云，支离破碎。它来自城市另一头。来自另一个国家。

边防哨兵站在墙后面。站在光秃秃的条状警戒带，那儿的土地上什么都不长。甚至寸草不生。

边防兵在交头接耳。他们望着云前行的方向。

既然他们走来走去，东张西望地看是否还有云飘过来，他们就算戏中人物了。

站台上方挂着一个时钟。铁轨并成一束的地方，燃着一道绿光。

罪行尚未发生，审判就已降临。

那一对在亲吻。地铁在隧道里呼啸。那一对在亲吻。却连手都不碰一下。嘴噘着，彼此挤压着。

那些吻很仓促。眼睛一直睁着。嘴唇是干的。

那些吻里没有激情。也没有逢场作戏的那种轻浮。

那些吻是一个夹子。

人们在那些亲吻中换乘。等待下一班地铁。

就像上车和下车之于伊蕾娜，只是为了不再站在原地。

鞋子周围是沥青。头发周围是不断的冷风。风在撕扯。

每当两张脸彼此分开，隧道里的黄色瓷砖就透过嘴唇间的缝隙，闯进随冰冷车厢晃动的视线。

下一班地铁开过来时，两个人和车厢以及吸入的空气再无分别。

报亭旁边有一个长椅。报亭里的灯光洒在椅子靠背上。杂志封面的女郎们微笑着，一丝不挂。伊蕾娜看见风拂过她们的双乳，像一只手帕。

伊蕾娜背靠在椅子的光柱上。她开始写卡片：

弗兰茨，我给你打过电话。一天在上午，一天在中午，还有一天在晚上。为什么打呢。施特凡说你不在。夜里我也给你打过。我来得太早了。或者太晚。你把我介绍给了施特凡。我想你的时候，你的脸却变了样子。我想见到你。

孩子举起手。

母亲把薯片递给他。

孩子像拿鸽子食一样把薯片捧在手里吃。母亲在报亭买了一盒火柴。

孩子仔细看着拎箱子的女人。然后是抱百合花束的女人。接下来，是穿皮衣的女人。

孩子边吃边看着那些年长的女人。其他乘客他只当不存在。

174

孩子弓身向前，想看看那个戴帽子的女人。

接着孩子又伸出手。

母亲把薯片给他。

孩子打量着一个上了年纪的女人，她带着一个匣了。

母亲摆弄着大衣兜里的火柴盒。

母亲大衣兜里的火柴跟孩子嘴里的薯片发出同样的声响。

上年纪的女人把匣子放在脚边。她看着孩子的脸。由于她脸颊松弛，孩子感觉这个女人下一秒钟就要微笑。

孩子不吃了，转向了另一边。

孩子转得很突然，就像刹那间要逃掉一样。

上年纪女人的眼睛里，写着猝不及防。妈妈大衣兜里的火柴，默不作声。

那猝不及防如此明显，就像一个问号。滑过女人的脸。当它抵达嘴部的时候，脸颊开始变硬。眼睛眯起来。那是心生了憎恨。

自动扶梯嗡嗡作响。自动售票机哗啦一声。吐出来几枚硬币。

地铁从远处呼啸而来。

175

一个声音说，不必扣上大衣。此刻，一个男人手拿百合花束。他在打盹儿。看上去他既不比女人年轻也不比她老，既不比她高也不比她矮。他是乘客当中没有被孩子注意到的一个。

铁轨开始变亮。

地铁停稳了。气旋带着来自偏远荒原的冷空气和近前沉重机车散发出的热气，从站台涌向天花板。

车开走后，站台空了。

孩子站过的地方，躺着薯片。

那是一种刚刚行凶之后，横亘在手和刀之间的寂静。

第五章

我总是在路上，施特凡说。

售货员站在拥挤的小店里。

从外面看，纪念教堂好似内藏一个洞穴：石墙掉渣，黢黑潮湿。再往里面是售货亭的灯光。

售货亭里满是同一个样子的商品。

那么弗兰茨呢，伊蕾娜问道。

耳环上的宝石闪闪发光，从这一个到另一个。施特凡的下巴动了一下：

不算经常。或者算是吧。

各种颜色的玻璃烛台，每个上面都托着一滴蜡，它怎么都不落下来。它满溢出来，美得令人心痛。

那就好像人再也流不出眼泪的样子。

弗兰茨一个人住么。

可能吧。

烛台之间，有个女人，如果没在微笑，就是在看书。一个男人走过来吻了她。他吻她的时候，她正在看书。看完这一句，最后一句。她把书合上了。

施特凡只是盯着柏油路：

我跟弗兰茨只是通过他妹妹认识的。我跟她曾交过朋友。她从来不一个人生活。

男人是来跟女人交接班的，伊蕾娜想，这时女人把书合上了。女人没有走。她一边挠着头发，一边看着男人。

马尔堡离这儿远么，伊蕾娜问。

施特凡看着她的脸。

法兰克福呢？

问这个干嘛，施特凡说。弗兰茨去旅行了。

我不去那儿，问问罢了。

这两个人，伊蕾娜想，到圣诞节时不用买烛台了。他们把烛台装箱带走了。

圣诞节，伊蕾娜想。

就是把内脏挂在冷杉木上的时候。

我得出趟远门，施特凡说。

他吻了一下伊蕾娜的脸颊。她看着他的脸。

我一回来就联系你。

临时难民营前面竖着一个黄色牌子，上面有个画了红叉的照相机。

一套居室，办事员说。下周您就可以入住了。抢得很厉害。您很幸运哪！轻易抢不到。

他说出一条街的名字。对伊蕾娜来说相当于没说。他还说了城中某个地区的名字。这个地方伊蕾娜倒是听说过，就是不知道具体在哪儿。

他说了好几条街道的名字，还说了怎么到达，以及房子的地址。

地铁和公交车，他说。您还是愿意坐地铁的，对不对？您得经常坐坐公交车，可以看光景。您还不认识这座城市。您原来住的地方有地铁么。

没有。

我想也没有，他说。

额头中间的皱纹，抬头纹，变深了。被帽子压过的地方，压痕跟皱纹似的。帽子此时放在办公桌上。帽檐的宽度有手指头那么长，盖住了一块桌子边儿。或者坐的士，他说，您最好坐的士。

是的，伊蕾娜说，我最好坐的士。

然后，您到房主那儿去报个到，他说。他知道您要来。您行李多么。

一个箱子，伊蕾娜说。

家具呢。

没有。

哦，那么您尽快买张床吧。

他笑道：人类最好的发明就是床。

地铁里坐着一个穿靴子的女人。一个穿凉鞋的女人站在她旁边。

这是所有季节里最缓慢的一次失控，伊蕾娜想。

从床到衣柜，都得好好打算。**从心里对接下来的日子作一番想象。**

也许想象里有睡眠，伊蕾娜想。有皮肤的温度。还可能有光线打在地上的颜色。有东南西北，或者有公园在附近。还可能有一条高速公路。或者有桥在附近。或许有一本书。

等我有了房子，一切自见分晓。

外面机动车道上一阵阵嘈杂声，辨别不清是哪里发出的。机动车道本身就是噪音。

上面冰霜覆盖。下面则是一番自编自演的热闹景象。

霜落在城市的某些地方，便不再离开那里。那些地方在被涉足之前，就已无从辨认。

那些地方不在街角，路口或桥梁，而是人们想象中的庇护所。

那些地方靠近树丛。

一个女人站在一棵树下大声叫道："雷奥！"她把大衣领子高高立起，手放在树干上，大拇指和食指在树皮上张得大大的，好像这个女人的手总是这么张着似的。哪怕在手指并拢的时候，也是如此。

女人匆忙看了一眼头上的树枝。一只狗朝她跑过来，猛喘着粗气。

过来，宝贝儿。女人说。说完这句，她喘得更猛。

狗和女人在树下这块冰冷之地，感到同样的疲惫。

伊蕾娜边走边闭上眼睛。她走得磕磕绊绊，战战兢兢。

伊蕾娜刚才走过的地方根本看不出什么。跟街道本身相比，那段路比街道既不高也不低。

桥上驶过一辆警车。警笛开路，一路向下，号叫声回荡在光秃秃的树丛间，听着像是在炫耀警笛的幸福感：这个城市的什么地方在流血。

您之前住在哪儿，房东问道。

难民营。

您打哪儿来。

伊蕾娜说了另一个国家的名字。

那边有谁。

伊蕾娜说了独裁者的名字。

这个人名声可不太好，他说。

他在前边带路，穿过院子。伊蕾娜看见光秃秃的接骨木和小草。看见窗户的反光。窗子都是关着的。窗帘合着。走廊上有个白纸做的轮子在转动。整个一层都听得见。伊蕾娜也能听见，因为院子里太安静了。

您什么时候来到这里的。

伊蕾娜算了一下，她什么时候到的。他打量着伊蕾娜，从脚开始。他说话的时候，并没有想从嘴里说出来的是什么。他边说边问，好像一切都是走马观花。接着再看一眼自己在跟谁说话。

伊蕾娜脑子里想起了什么又忘了。没有一个想法跟她有关。她的箱子还放在楼梯间那儿，在门旁投下一个影子。没有哪个念头强迫伊蕾娜留下来。也没有哪个让她离开。

房东把倒垃圾用的钥匙塞到伊蕾娜手里。

伊蕾娜拖着箱子上楼。

一条走廊穿过她的身体。接下来是厨房，浴室，房间。徒有四壁。伊蕾娜是后来才发现厨房还有个灶台的。那是房东走了以后。她还发现灶台上有一个装盐的密封玻璃瓶。

箱子一直放在走廊里没打开，好像伊蕾娜只剩下半条命。她不能思考，也不能离开。她试了一下，看还能不能说话。话是否已说出口，她却全然不知。

伊蕾娜顺着墙找一个放床的地方。

我是个犹疑不定的人，一个声音说道。

您是哪位，伊蕾娜问。

犹疑不定的人。

您打错了。

那声音笑了，是弗兰茨的声音。

一个犹疑不定的人，你不知道这个词么。

不太知道，伊蕾娜说。

我也是，弗兰茨说。我昨天去学校，本应该交作业的。一路上我就编造各种借口，演练着。其实都不是借口。我就是想撒谎。等我站到教授面前的时候，我不知道哪个谎更好用。我还没来得及张嘴，教授就看着我说：您犹豫了这么久，都不知道该写什么了。您是个犹疑不定的人。

钟在嘀嗒。拨号盘落满灰尘。

我想去看你，还不知道什么时候去，弗兰茨说。

犹疑不定的人，伊蕾娜说，一个罕见词。表面指犹豫不决者，实际却指一个不再迟疑的人。

知道吗，伊蕾娜说，你在另一个国家时的声音跟现在不一样。就算你不故意拿腔，那声音跟现在的也不一样。

我说话的时候能听见自己的声音。从前我听不见自己。我对着自己的耳朵说话，或者我说的话穿耳而过，弗兰茨说。

一个孩子躺在一张宽宽的床上。他把一条腿搭在另一条上。胳膊枕在脑袋下面。

孩子闭上眼睛笑。

边睡边笑，这可不行！妈妈说。等你长大了，你会有一张大床。

她抓着鞋带拎起孩子的鞋。鞋子晃来晃去。

现在你睡得不省人事。夜里床会更大，宝贝儿。

孩子看了看她。然后他闭上眼睛。

她夜里会害怕，女人说，即便睡在她的儿童床上。那时候，她就爬到我们这边来。

她微笑着，好像还有话想说。

孩了睁开眼睛，打着哈欠：

说早安。

孩子看着伊蕾娜的嘴，大叫道：

说早安！

伊蕾娜说，你没睡着。现在不是早上。如果你非要的话，我可以说日安。

女人把孩子拉到跟前：

我们挡着您看床了。

她给孩子穿上鞋。

我也觉得这个床太大，伊蕾娜说。

女人给孩子系上鞋带，头也不抬地说：

一张婚床。要是一个人睡，就没什么意义。她让孩子站到地上：

我在另一侧看了一些单人床。

女人弯腰的时候，一绺头发慢慢滑到了耳朵上。然后，像刚散开的发束一般滑过脸颊，滑过嘴角。

伊蕾娜感到手腕上的脉搏在跳。宽宽的床垫子套着绣花的套子，看得见缝纫工人干了的舌印，像苍白的、半开的钢箔。

我本来想要一张客房用的床，伊蕾娜说。

这个晚上，天空还是消失在庭院上方。草也不见了。

因为墙太黑，跟天空和草地一样黑，所以，墙也不见了。

一个四边形在发光。

从长度上看，这个四边形应该是扇门。可是，那么高的地方还有光。伊蕾娜知道了，那是一扇窗。

四边形后面是一个房间。每天夜里，都有个男人跟在穿运动衫的男人身后进屋。他穿上一件大衣。没多久，一个女人走进房间，然后脱掉上衣。夜夜如此。

穿运动衫的男人每晚都来了又走，穿大衣的男人也每晚都不见踪影。

脱去上衣的女人留下来。她在说话。

每天晚上，这间房里肯定还有一个人，一个伊蕾娜没见过的人。

那个四边形之所以每晚放光，一定是因为这

个人。

由于外面灯光如此灰暗，伊蕾娜不敢脱衣服。她坐在床边。脱了鞋。伊雷娜和衣躺下。她看着自己的鞋子立在床前。

伊蕾娜盖上被子。

想保持闭眼很难。

眼睑太短了。光线穿透了睫毛。眼皮之间的光线如此刺眼，好像那个房间里的光从下面钻进来，似乎地面的光正照进眼睛里。

伊蕾娜把脸转向墙里边。

墙上有明显的四边框，比墙的其他部分都要白，不过不如石灰的白。那更像是皮肤的白，那是一个后背。

伊蕾娜透过皮肤看见了肋骨。后背在呼吸，比墙的其他部分要温暖。伊蕾娜想弗兰茨了。

伊蕾娜感受着背部的温度，床的温度，衣服和皮肤的温度。

每一种温度都不一样。

被子的边缘围在脖子上。伊蕾娜感觉自己好像被埋葬了。

她的眼睑变长，长到覆盖整张脸。

伊蕾娜的眼睑覆盖了整个房间。

慢慢地，眼睑合上了。

在长长的阴影里，像百叶窗一样变了形。

第六章

伊蕾娜房间的地面被刷成了深棕色。房顶和四壁的光线都被它吸走了。庭院的墙也是这个颜色。

这里怎么能住人呢，施特凡问道。

伊蕾娜耸耸肩。她不认识上一个房客。施特凡认识两个波兰人。

要干上两三天，施特凡说。打黑工，你知道的。

两个波兰人一大清早就来了。他们带了两个旅行袋，从里面拿出打磨机，放到墙边，然后脱了鞋。

其中一个人看了看庭院，摇摇头。另一个用指尖拭了拭地面。

钥匙，站在窗边的男人说。

来自东部的脸，伊蕾娜心想。她认得那种疲惫，不是因为辛苦，也不是缺乏休息。

你们从哪里来，伊蕾娜问。

波兰，窗边的男人说。

波兰什么地方。

男人说了个地名，伊蕾娜没听懂。她点了点头。

灰尘太大了，拭地面的男人说。

伊蕾娜把电话和钟用塑料袋包起来。

我晚上再回来，伊蕾娜说。

窗边的男人陪她走到门口。他穿着袜子，踮着脚尖。他把门从里面锁上，挂上链锁。

整个庭院充斥着打磨机的嗡嗡声。

伊蕾娜从城里回来的时候，两个波兰人已经走了。打磨机装在旅行袋里，立在门后，磨掉两块地皮，有四个餐盘大小。靠墙立着空饮料瓶和矿泉水瓶。烟灰缸里有抽了一半剩下的烟头。闻起来像另一个国家的烟。

三天以来，两个波兰人都摸黑过来，摸黑离开。三天以来，他们就这样脱了鞋穿着袜子踮着脚尖在房间里走。三天以来，每当伊蕾娜经过庭院，或穿行于接骨木和草丛间，打磨机都在嗡嗡作响。墙上的每扇窗子都在响。

每天晚上，靠墙而立的空瓶子都增加了几个。

伊蕾娜在另一个国家所熟悉的疲惫感，经过三天没有任何改变。伊蕾娜知道，这疲惫渗透在每个毛孔里。疲惫意味着危险。两张脸的毛孔里充满对打

190

磨机噪音的恐惧。

三天过去了，什么也没有改变。除了地面的斑块越来越大。到了第三个晚上，那斑块跟房间一样大了。

伊蕾娜买了一张明信片。卡片上是一个游泳池。黑白相间。水面上露出的头是灰色的。

岸边有一个象棋盘，上面摆着棋子。棋盘下面有水在荡漾。下棋的人站在水里。他们在思考，直视着照片。这是一张下棋者的卡片。下棋的人是照片上的风景之一。

一个男人独自坐在一边，双手托着下巴。他在往水里看。摄影师给下棋的人拍照时，好像并没注意到他。这个独坐一旁的男人，不属于照片。

下棋者的卡片，在伊蕾娜眼里成了那个独坐一旁者的卡片。只有这样，卡片才像是一个没有完结的事件。

两天以来，自从伊蕾娜买卡片到现在的两天里，那个独坐一隅的男人发生了变化。对他来说，刚刚过去的时间似乎比两天要长。

伊蕾娜把男人坐着的岸上部分剪了下来。剪刀没碰到象棋盘。

男人蜷缩着躺在水面上。伊蕾娜把池水也剪了下来。男人掉进了伊蕾娜的手心。

因为他对我来说并非无所谓，我竟差点把他淹死，伊蕾娜写在一张纸上，就像你受不了大海一样，他也受不了游泳池。

弗兰茨，给你写信的时候我很犹疑。有一种欲望，它令人乏力。此刻，当我给你写信，我的手就快要睡着了。

伊蕾娜折好信纸，把那个男人也塞了进去。他就像躺在雪地里。**对他而言太晚了。就好像一切已经过去多年。**

伊蕾娜在信封上写下马尔堡。全部用大写字母[1]。好像这样才够写满。然后是弗兰茨的地址。

伊蕾娜茫然站在信筒前。投信口下面写着：其他方向。其他方向赫然写在信筒上，就像马尔堡二字赫然写在信封上一样。

印着游泳池的卡片躺在厨房桌子上。伊蕾娜把手探到男人坐过的地方。她看着自己的手指甲。

1　一般情况下，德语中名词大写第一个字母。

那本来可以是个关于某块不起眼的手指甲的故事，假如伊蕾娜没有把那张游泳池的卡片从厨房拿进屋里的话。

卡片旁边有个男人，只能看见背影，旁边还有一条鱼。

街道两侧高耸着房屋，房子旁边有一个男人。男人戴着一只白手套走过公园。空荡荡的天空下面，一位老人坐在椅子上读报纸。旁边是教堂的尖塔。行驶着的公共汽车旁边，有一大块大拇指甲。一扇破旧的门旁边，有块手表。那座废墟之门从碎石路通向看不见的远方。飞驰在摩天轮上的人，旁边有一处流向远方的活水。空中有架飞机，挨着一只手。一张脸飞快闪过荡秋千的女孩。一只手握着手枪，旁边有一个男人，正骑着自行车穿梭在树影里。一张嘴在哭喊，一直咧到眼角。两个戴大檐帽的男人站在水边张望。一位老妇人坐在城市上方的阳台上。一个戴着黑色太阳镜的女人。一个穿着西装的死者。一盘水磨。一个被搜查过的房间。一个穿水手服的男孩子。一条人头攒动的商业街。石山上面有一个旋转门。

伊蕾娜把照片从报纸上剪下来，边缘剪得都不太齐。因此很少带着黑边。伊蕾娜手抖剪出的边缘，看起来就好像报纸把照片又吞了回去。

伊蕾娜把照片一张挨一张贴在一卷烘烤用纸上。她花了好长时间寻找、比较，直到两张照片彼此匹配。两个对的照片一旦相遇，就自动配上了。

让这些照片产生关联的，恰恰是彼此间的反差。这些反差从所有照片中变出一幅陌生的图像。这图像如此陌生，乃至适合一切。它在不断移动。

这图像如此陌生，乃至秋千上女孩子的笑容跟穿西装的死者，打开同一个深渊。

伊蕾娜把这幅拼贴画挂在厨房的墙上。她坐在厨房桌边。她的目光就是脚步。

伊蕾娜在图像上寻找一个主人公。

主人公是一个静物：废弃的门，从碎石路通向看不见的远方。

厨房桌立在碎石路面上。伊蕾娜手里握着刀和叉，就好像空荡荡的天空下面那个手里攥着报纸的老人。

切割、咀嚼、吞咽等动作，与伊蕾娜的沉思擦肩而过。它们瞬间扫过伊蕾娜的嘴，快得令她浑然不觉。

旋转门静静地矗立在那儿。它从石山的方向呆视着盘子。

只剩下唯一一张照片。跟整个图像不大搭调。

那是一个年轻男人的照片。他有一个深色的额头，一双闪烁的眼睛。他的手放在了胸前，所以能清楚看见他白色的指甲根。他的嘴唇半张着。

这个人是位政客。他失势了。之后不长时间，被人在某个湖边的豪华宾馆里发现。

这位政客英年早逝。谋杀还是自杀，尚且无人知晓。

这些天里，电视机里的政客们显得比以往更加陌生。他们寻找着彼此，又心烦意乱。他们像栖息在小船上的蜻蜓一样围桌而坐。

桌子在摇晃。政客们露出一副惊慌失措的样子。不过他们的额头因权力而黯淡。他们的眼里发出绝望的光。他们的指甲根因虚伪变得苍白，愈发苍白。

那个死去政客的照片，在伊蕾娜房间的地上待了一个半天。

伊蕾娜梳着头。她在镜子里看到了那张照片。伊蕾娜一手握着梳子，一手把照片上的脸反扣在地上。

伊蕾娜锁好房门，边走边扣上大衣扣子。她的脚步在走廊里发出回音。

寒意由内而生。她把大衣领子提到脖根。头发僵冷。头皮生疼。

走到庭院时，她抬头看看窗户，感觉到胳膊下面一片湿冷。她出汗了。

接下来，伊蕾娜又站在了房门前。她跑回房间，把照片揣进大衣兜里。伊蕾娜走回门口的时候，发现钥匙串还一直在门锁上打晃。

一道慵懒的光躺在路面上。

一个女人说：今天要下雪。我的腿能感应到。伊蕾娜从没有在这条街上见过这个女人。她很老，拄一根抛过光的手杖。看看她的大衣，就能估出售价。

伊蕾娜穿过街道。街道一旁是座断树枝摞成的小山。那些树枝不是从街边树上砍下来的。摞在同一个地方好些天了。一动不动。由于天很冷，叶子一直是绿的。手一碰，就断了。

伊蕾娜把手伸进大衣兜，揉皱了那张照片，扔进一个废纸篓。

然后，伊蕾娜开始有种感觉，这座城市里的一切可能在转瞬之间面目全非。头顶白色波浪卷的老妇，抛光的手杖，保健鞋，可能一瞬间青春焕发，走进德意志少女团[1]的队伍。可能会有长长的、没窗的车子开过商店门口。穿制服的男人们会没收柜台上的商品。报纸上会登出法律法规，就跟在另一个国家里一样。

一个女人靠着电话亭。她在嚼口香糖。她目光空洞，盯着路面。她嘴里吐出白色的泡泡。泡泡在空气中爆了。嘴唇上粘着白色的碎块。

路边停着一辆汽车。女人从电话亭里冲出来。冲向一个男人。用嘴里奶白色的气泡迎接他的到来。

伊蕾娜走到地铁站。那儿有个自动拍照机。

伊蕾娜拉上帘子。把硬币扔进投币口。照照镜子。然后掀起上衣，看着镜子里的胸。然后开始梳头。往前梳梳，再向后梳梳。一只耳朵藏着，一只耳朵露着。然后，伊蕾娜把额头前的头发吹了回去。

由于头发总是乱飞，由于脑袋中央头发的纹路分得像一道白线，伊蕾娜哭了，闪光灯亮了一下。地铁一阵呼啸，停了下来。

伊蕾娜在自动拍照机前面等着她的照片。地铁开走了。地道里有风在沙沙作响。

---

1 曾为纳粹青少年组织。

伊蕾娜知道，自动拍照机的里面有个男人。因为照片是温热的。那是一种体温。

就像在另一个国家，跟护照相片如出一辙，这些照片上也是个陌生人。

自动拍照机里出来的这些照片上，也是另一个伊蕾娜。

第七章

眼下，您来这儿已经有一阵子了，办事员说。

"阵子"这个词还留在他的脸上，就像他下巴底下的影子一样。

您想家么。

伊蕾娜看着他眼珠一转的样子，似乎那眼睛在眼睑下面无处可放，说：

不。

您从没想过要回去。

常想。

然后呢。

您刚说想家。

伊蕾娜在他的上衣搜寻着一个位置，一个能让她的目光停下来的点。

您太敏感了，办事员说，太敏感。人们甚至会认为，您的国家犯下的所有罪行，都能在我们国家一笔勾销。

伊蕾娜的目光停在一颗钮扣上。

每个人都有他自己的一笔账，办事员说。

都有他的简历，伊蕾娜说。

不，是他的账本。简历可不能作假。

伊蕾娜就像在自言自语：我只见过假简历。

办事员张开嘴。什么也没说。舌头停在嘴里，似乎无处可放。似乎他的舌头底下还有过什么东西。舌头之外的东西。似乎舌头下面曾有过一根手指。一根干手指插进嘴里。伊蕾娜把服装津贴塞进了手包。

二手店里，衣服被分区摆开。衬衫区，外套区，裤装区。

吹风机里的风扑到了伊蕾娜脸上。

室内弥漫着单调的热舞音乐。像是没完没了地从钢管上滑下来的声音。

伊蕾娜时常听到"场景"这个词。

那个试穿绿色大衣的女人照镜子的时候，年龄在她脸上抽了一巴掌。一侧的鼻翼上闪着一枚小宝石，粉红的头发稀疏蓬松，露出如此深的洞孔，令头皮看上去像块伤疤。

大衣都挂在后面的房间。金属扣子和拉环镀成了铜绿色。这些大衣是战争的幸存者。伊蕾娜没有碰它们。衣架很像人的肩膀。

布料很硬。曾长年遮盖过皮肤。曾把人们驱赶到城市街头。曾吞食过尘土。曾旁观过辛苦劳顿、吞云吐雾以及豪饮小酌。曾悬挂于角落。曾栖身于床边。这布料，散发出贫穷和快餐爱情的气味。

价签摩擦着粉红头发女人的脖子。它看起来像一张野外地图。

女人买下了绿色大衣。扯下野外地图。穿上大衣。朝外面大街走去。

她走得非常快。越来越快。开始跑起来。沿着楼梯向下到鞋店。她没坐电梯。

在她的小碎步里，与其说是匆忙，倒不如说是不安。

那个穿绿色大衣的女人所做的一切，都带着警觉和不安。

她沿着镜子走。鞋子站出一道道看不见的长条。长条镜子里，女人的眼睛在行走。还有她的发梢。她的脖颈。

女人的头发上方写着：小脚人士的大好机会。

女人从架子上拿下一只鞋。拿在手里掂量着。她看了看鞋跟。又把鞋放了回去。她又用手掂掂第二只、第三只，又看了两次鞋跟。然后把鞋子放回去。

鞋子的分量在价钱上。价签就贴在鞋跟上。

鞋店里音乐缭绕。当伊蕾娜站到鞋架附近的时候，音乐声更大了。

伊蕾娜没有动，以免跟着节奏行动。

女人掂量到第五只鞋时转过身。她没有把鞋又放回去。女人穿上自己那只从街上带进来的鞋，走了出去。

女人的长筒袜在大脚趾处有个洞。她弯了弯脚趾，像要把脚趾藏起来似的。她在长条镜子里寻找一个目光。她找的不是她自己的。也不是伊蕾娜的。她找的是售货员的目光。售货员对这里如数家珍。鞋码大小，价格高低。

那些到店里亮出袜子的女人穿什么尺码，售货员全都心中有数。

售货员又并排摆上几双鞋，反正鞋架够长。

跟伊蕾娜脚上穿的同一款鞋，也在架子上。

音乐声听上去有气无力。就像悬浮在室内的沉闷空气。似乎歌词不搭调。

售货员吹掉鞋上的灰尘。

粉红头发的女人已经走了。走到外面大街上，走进城市。

伊蕾娜移步向门口。走得很慢，以免惹人注目。她并不想跑开。她想要消失，就像那个女人一样消失。

伊蕾娜等着售货员的声音。

那鞋是您偷的，那声音会说。还会指着伊蕾娜的脚说。

伊蕾娜冒汗了。她知道自己将无法否认这句话。

她将无法驳回这个指控。她将一言不发。

她将会相信售货员的话。她会想起，她穿着袜子从家里出来。想起满是砂子的人行道已经湿透。想起挂在袜子上的烟蒂跟着她走了好几步。伊蕾娜开始跑起来。

绿色和黑色斑纹的石子像雨滴洒在柏油路上。像雹子打下来。四处溅落。

伊蕾娜的项链断了。

她弯下腰，感觉到小串珠沿着后背溜下去，好像脊柱散了架。

她站直身子。抬头看商店的墙。橱窗上方是几个阳台。

两个男人走过，相互聊着什么。他们没有踩到小串珠。

一整夜都在下雪，其中一个说，我们早上把名字写在了斜坡上。

冬日里的爱，另一个说。

伊蕾娜听着他们谈话。两个背影渐行渐远。几个路人匆匆而过。自己的想法一片空白。尾随其后，只为听听别人在谈些什么。

飞驰的汽车喷溅起潮湿的风。打到脸上一阵湿凉。

两个背影越走越远，越来越小。紧贴在一起。一辆自行车超过了他们。

一颗项链上的小串珠姗姗来迟，现在才掉到伊蕾娜的鞋面上。

伊蕾娜朝两个背影的反方向走，走出了他们的对话。紧张中再也听不到路人口里的句子。她听着行驶的汽车。路灯变红的时候，车摇摇晃晃，终于停了下来。

伊蕾娜触摸一件皮大衣的袖子。大衣很柔软，好像要呼吸。

两步之外，伊蕾娜站在一把红色雨伞的下面。

那两个背影讲的是什么地方呢？伊蕾娜大声问。哪个斜坡。

街道另一边的男孩穿着一件旧皮夹克，他也边说边比画。

女孩背着一个书包。不说话，点着头。

女孩走到门口，没有道别就走进一个脏兮兮的庭院。

男孩站在敞开的门口，望着她的背影。

谁若是跟一个新郎离开这座庭院，谁若是从这僻静的地方带走一个新娘，一准不会幸福。

男孩还站在那里。

第八章

弗兰茨来看伊蕾娜。

伊蕾娜旁边的枕头空着。

床单皱巴巴的。弗兰茨已经起床。他弄出的动静跟伊蕾娜的梦交织在一起。

只有当弗兰茨站在窗边不再作响时，伊蕾娜才醒过来。

柜子反出刺眼的光。木料颜色太浅，需要一点阴影。

弗兰茨朝庭院看过去。地毯的图案缓缓流进桌子底下。桌布在动。

弗兰茨手里揉搓着干瘪的叶子。他把黄色的叶子从盆栽的枝蔓上扯下来。灰尘在他颈后打转。或者那只是照进房间的阳光所致。

现在我终于知道，弗兰茨说，你的房间让我觉得少了什么：窗子下面没有街道。

伊蕾娜的回答如鲠在喉，直到她的目光落在楼下庭院的草地上。草地在跟她作对，接骨木也在跟她作对。就连墙边的盐渍都在跟她作对。

这让我紧张，弗兰茨说。一座不临街的房子。

伊蕾娜用目光搜寻晾衣绳。绳子空空如也，晃来晃去。

我知道，伊蕾娜说，这座院子并不安宁，只不过是寂静。

弗兰茨把黄色叶子放在窗台上：

是啊，无法忍受这种寂静的，恰恰是我的不安宁。你不明白我的意思。你很冷静。

伊蕾娜想走到桌边，省得开口说话。可是她迈不开步子，因为弗兰茨正看着他，一言不发。

伊蕾娜慢慢把身子靠回来，好像柜子不准她碰似的：

我无能为力。

晚上，伊蕾娜出门走到街上。

人行道上有根烟冒着火星，似乎有人刚刚就地消失。

伊蕾娜接着长出了一口气，心想：弗兰茨再也不会回来了。

行人的眼里只有眼白。瞳孔在黑暗里悄悄遁迹。

面部的每个器官都被照亮，被照得坚持不住了。

由于周围太暗，被照亮的面部器官看上去就像影子一样。

树上的叶了是叶了的反面。树是树的反面。整个城市都是城市的反面。

一个男人站在角落。他的大衣袖子太短，手腕太粗。他拎着一个文件包。又瘪又轻。

伊蕾娜走过来的时候，男人在轻声嘀咕着什么。他声音很轻，眼睛亮了一下，目光冰冷。男人走进了厕所。伊蕾娜听到他在门后面说话。

她的手指紧紧按着大衣兜里的房门钥匙：一汪水洼反着光，泛起波纹。伊蕾娜看见男人的生殖器挺立在水中。看到水面在波动。

鞋底传来一根枯枝的断裂声，像一场突袭，让人毫无防备。

窗帘店里，伊蕾娜还是一个顾客也没看见。一盏落地灯在棕色的天鹅绒旁边燃着光。

机动车道上落下一个白色塑料袋。一辆汽车驶过，塑料袋惊起，又落到地上。它没有翻成跟斗。

伊蕾娜听到街的另一边传来三阵相同的声音。短促的汽笛同时鸣起。其间还有行人的脚步声。她看到了文件包。

男人没看出水洼里的名堂，里面的水波来荡去。他的欲望尚未满足。或者已经满足。平息的欲望。

如果的确如此，内心的平静会继续把他驱进深夜。这种平静要求畏惧。

男人的口哨声听起来就像在哼唱中踩过尸体。

接下来伊蕾娜站在了一个酒馆门前。

当伊蕾娜一个人踏进酒馆之际，一阵无助感来袭。还没等坐到桌边，她就问自己为什么要来。不是来吃也不是来喝，不为小坐也不为聊天。也许，只是为了从街上走进一个房间。

当伊蕾娜想呼吸的时候，空气里充满了木头、墙壁和各种眼神。一切都错综胶合在一起。

那些面孔上的目光，喝的东西，跟伊蕾娜一样。

有时候伊蕾娜希望能跟这些目光分享些什么。只是不知道她是否真的想那样做，也不知道有什么可以分享。这种相似没有任何强制性。这种参与也是有一搭没一搭，慢吞吞地。承受没什么必要。逃避也没什么用。也许用"容忍"这个词，才适合形容伊蕾娜的做法。

当伊蕾娜一个人坐在桌边看，当她要拿咖啡杯的时候，她的手总是在哆嗦。她的眼睛经常闭着。当伊蕾娜往吧台看去，酒架上的瓶子好像在游泳。

伊蕾娜看服务员的时候，她的脸似乎瞬间变老了。

我觉得我已经很老了，一天晚上，伊蕾娜坐在酒馆里对施特凡说。二十年前我就这么觉着。我十岁的时候，经常问自己，人可怎么过接下来的时间，才能到二十岁。

太老了，施特凡说。

不，是很老，而不是太老。我觉得自己还不算太老。

您是不是也属于昨天？吧台边的男人问道。我喜欢您。

男人的下嘴唇上挂着一根头发。

说昨天，我的意思是，我夜里没回家。

下嘴唇上的头发不是他的。又黑又卷，他没有觉察到。

我无家可归。意大利人。生在瑞士。第二代外国人。

我不是无家可归，只不过身在外国。

在外国的外国人。

他笑了。只不过。

我的孩子将成为第三代。

将。

就是。

多少。伊蕾娜问。

第三代。

多少个孩子。

三个。我的妻子。

您的妻子。

不，她是德国人。她不懂。

不懂您无家可归。

可能吧。

不懂您也属于昨天。

毛发掉到了杯子里。

可是您，可是你。他抓起伊蕾娜的手。

头发贴到了杯子边缘。

一代一代，伊蕾娜说。我有时会尝试着去想一个人，可却做不到。她想的是弗兰茨。

你总得喜欢一个男人，这样才能把他嘴里的头发摘下来，伊蕾娜想。你总得时常想他，时间总得流逝。

关于面前这个男人，她不想有任何想法：马上他就会问我在想什么。到时我会说：什么也没想。

男人并没有那么问。

对还是个对，他问。

他说了很多话。伊蕾娜不明白他到底在说什么。她看出他的脸是肿的。

您说的对，伊蕾娜说。

所有女人都这么说。之后，我又是孤身一人。

男人一下子笑出了好几种音调。

伊蕾娜摇摇头。

那么是不对了，他说。

他点点头。

也许你会想我的，他说。

伊蕾娜走到附近的一个信筒。

她从包里拿出一张卡片，写道：嗨，我有时会想，你比一个橱窗，或者一段树枝，或者一座桥的距离要更近些。可是我正这么想着的时候却发现，我越来越看不到你。

写卡片的时候，伊蕾娜突然想到几句话，甚至没过脑子。一到了关于她或者街道的部分，她便想不起来了。

然而，当伊蕾娜去想弗兰茨、联想到自己时，除她之外的一切突然都有了个性。

柏油没有长度和宽度。如果柏油有个性，城市就会陷入停滞。那样城市就只剩下人行道，或者墙，或者桥。

如果柏油有个性，城市就被隔挡。那带给伊蕾娜一种外在的安全感。

然而她自己内在的不安却暴露出来，涌向脑际。这种不安不由隔挡。

城市和脑盖，是停滞与运动的交替。

当脑盖停滞，柏油在生长。当柏油停滞，脑盖里的空虚在滋长。

忽而是城市袭击了伊蕾娜的思想。忽而是伊蕾娜的思考袭击了城市。

伊蕾娜在红灯的时候穿过马路。

一个男人赶上了她。他在抽烟，走得很慢。

伊蕾娜想让男人从身边走过去。可他并没有超过她。

烟从她的脸上掠过。伊蕾娜把脸转到一边。她听到了男人的呼吸。还听到他的步调跟她一致。她变换了脚步。

她只是在看房子的墙。她发觉男人在用跟她一样的频率摆臂。她不再摆臂。

天黑了。那种没有手臂的感觉让伊蕾娜感到眩晕。

那感觉就像躺在床上，准备睡觉，伊蕾娜想。就像为了排解恐惧而强迫自己做点什么。

还有几步，伊蕾娜想，男人肯定以为我是随着他的。

为了不随着那个男人，伊蕾娜转过街角。

第九章

伊蕾娜通过施特凡认识了托马斯。在护城河边。那时阳光温暖。光线却已经转向下一个季节。

跳蚤市场上小贩的吆喝声伴着风穿过树丛。风里弥散着二手服装和尘土的气味。

跳蚤市场是被城市遗忘的诸多地段之一。在这些地段，贫穷把自己伪装成商业。

这些地段荒无人烟，草木丛生：荨麻、飞廉、西洋蓍。在伊蕾娜眼里，这些都是另一个国家的草。

在这座城市看见另一个国家的草，让伊蕾娜大吃一惊。她怀疑自己把草种装在脑袋里一起带了过来。为了确定那些草并不是她的想象，伊蕾娜碰了碰它们。

伊蕾娜还有一个疑虑。她怀疑自己把乡愁缩小、缠成一团装进脑袋，以免被人认出来。她怀疑她的忧伤一露面就被瓦解。她怀疑在感官之上建立起一座思考的楼宇，目的是压制感官。

托马斯每个星期天都穿一件绿色的丝质衬衫。那丝料是荨麻绿色。能兜风。

因为这件衬衫，这荨麻绿色，因为伊蕾娜在草丛里寻找着荨麻，托马斯和伊蕾娜之间有了一种亲近。

伊蕾娜感觉到了这种亲近。不过她脑了里没有闪过任何想法。

施特凡滔滔不绝。托马斯少言寡语。他说自己名字的时候，伊蕾娜几乎听不见他的声音。她没听明白他叫什么。

施特凡清楚地重复了一遍。跟托马斯的漫不经心相比，那声音实在太大太清楚了。

施特凡谈到了巴勒斯坦人。橡胶子弹。以色列人和警犬。

施特凡从地上捡起一枚小石子。橡胶子弹里的铁块也就这么大，他说。可会致命。

说话间，汽车一辆辆呼啸而过。倾斜的镜像投射在护城河的水面上。沙鸥再也听不见喧嚣。它们迈着碎步。浑身脏兮兮。一副贪吃相。羽毛凌乱。

伊蕾娜看到了罗莎·卢森堡。在水面上，那张脸是黑灰色的，好像报纸上的气孔。

托马斯从施特凡手里拿过一枚小宝石。

戴上。

托马斯两夜没合眼了。他离开了男友，要么就是他男友离开了他。施特凡也不太清楚。

情感牢笼，施特凡后来对伊蕾娜说。这套该死的临别演说。谁都知道非说不可。没人知道为什么要说。

托马斯搬到了一条能看见那道墙[1]的街上，施特凡说。

伊蕾娜认得那些街道。叶子和蔬菜堆积如山，小个子的男人站在山后面。水果闪闪发光，因为街道太狭窄了。甜橙晃得人头晕目眩。

那里的街道如此狭窄，走在里面好像在爬山。

托马斯会振作起来的，施特凡说。他多多少少已经习惯了。他是结过婚的人。

当时托马斯还不完全是同性恋，施特凡说。他爱过一个女人好几年。

托马斯放弃了书店事业，施特凡说。他离开了这个鸟巢。

不过孩子，托马斯跟这个女人有个儿子。施特凡没说有关这个孩子的事。

已经是三年前的事了，施特凡说。从那时起，三年以来，托马斯都是失业状态。

在伊蕾娜认识托马斯的那个星期天，只是在伊蕾娜寻找荨麻的目光和托马斯绿色的丝质衬衫之间，产生了一种亲近。

伊蕾娜当时没听见托马斯的声音。由于他当时太心不在焉，她也没记住他的脸。

后来，当施特凡跟伊蕾娜讲托马斯时，伊蕾娜还知道了托马斯的头发是亮色的。长发飘飘。有时候，那一头长发与灌木丛擦肩而过。

几天之后，托马斯出乎意料地打来电话。他很过意不去。也许因为过意不去，所以他才讲起了自己。

他说的事伊蕾娜都知道。施特凡告诉她的。不过她还是很乐意听。伊蕾娜喜欢听相同事件的不同版本：小城，妻子，孩子，书店。

同样的句子"我曾经爱过一个女人，爱了好几年"，这次听起来却不一样。

第一次聊天之后，托马斯问了个问题。以后每次聊天，他都会这样问。现在，跟当初聊天时一样，这个问题像是从谈话中突然跳出来。托马斯现在又问起这个问题，跟当初一样，问得人毫无防备：你怕我吗？

早在第一次聊天时，伊蕾娜就没有被这个问题吓着。不知为什么，她对这个问题胸有成竹。

伊蕾娜每次都这样回答：不。之后，托马斯放下听筒。

有一次，托马斯没有放下听筒。他又前进了一步。

我怕你，托马斯说。

就连这句话也没有镇住伊蕾娜。她如此沉着，以至于说"为什么这么问"的时候，听起来心不在焉。

托马斯以同样的平静回答道：

因为你把我看穿了。

托马斯从不邀请伊蕾娜到自己家来。

有一天，托马斯聊完天也问过他的问题之后，伊蕾娜像往常一样匆忙说出"不"字之后，她也前进了一步，说：我想登门拜访。

而托马斯对这句话已有准备：什么时候。

现在。

托马斯说：好。

走在街上，因为忽觉两手空空，伊蕾娜从地上捡起一片栗树叶子。

电梯房很狭窄。说话有回音。

伊蕾娜按了门铃。她在门槛上寻找一个不起眼的地方。叶子是黄的。门槛漆黑。

托马斯打开门。他从伊蕾娜手中拿过叶子：你从哪儿弄来的叶子。

托马斯等待一个回答：他把叶子滑过自己的脸颊，自己先向屋内走去。

伊蕾娜站在门框上，透过窗户看见另一扇窗。她不知道自己为什么来。

为了留下而不是离开，伊蕾娜坐在了唯一一把椅子上。椅子旁边是写字台。

写字台上有许多照片，照片上都是同一个人。是那个英年早逝的政治家。其中还有被伊蕾娜剪过的那张。当时那张是多余的，因为跟墙上的拼贴画不搭调。

托马斯的目光越过伊蕾娜的肩膀。

我的翻版，他说。

怎讲。

我跟他一样。

他不是同性恋，你没有权力，伊蕾娜说。

栗树叶子搁在床上。

托马斯朝叶子走过去。

我的人际交往都一个模式，他说。一开始是我依赖别人。后来却颠倒过来。我总是掌权的一方。我不想那样。一旦我掌权，我要为两个人而克制权力。另一个人听从我。他为两个人而感觉。

托马斯坐在床上。伊蕾娜透过窗子看出去。假如你明白这些，她说。

托马斯用叶子扫过他的手：

社交方面我不给自己权力。我有过机会，但是我没有抓住。我有这种特质。我一直都知道我挺危险的，总是专注于我不想变成的样子。

假如一个人知道这些，就不会这样了，伊蕾娜说。

书架上的书中间有一双绿色袜子。价签还在上面。

我一直跟自己对着干，托马斯说，搞得自己一事无成。

光线洒到写字台的照片上面。

这点人家一看便知，托马斯说，一看便知。都写在我脸上呢，好像所有我没做过的事都被我做完了。

伊蕾娜把其中一张照片拿到面前，几乎贴到脸上。

托马斯笑了。他把叶子放到床上，站起来：

我来检验一下，我过得怎么样。

托马斯打开柜门，看着镜子里自己的脸：

我只会带来不幸。我还从来没有因为别的男人而离开过一个男人。我总是有很多原因。

托马斯张开嘴唇。仔细看自己的牙齿。

你离开过很多人吗，伊蕾娜问。

托马斯点点头。他在看自己的喉结。

然后你去找原因。

我从来没去找过，我只是能发现原因。只有当我发现以后，我才知道的确是有原因的。糟糕的是，我一个人负担不起我的不幸。于是我必须得找其他人帮忙。

庭院立着个脚手架，有两天了。有十层楼那么高。伸到了房顶。第十层用木板封顶。那是一个通道。

脚手架让庭院显得更深邃。也更狭窄。脚手架上

222

发出木板和铁板的噪声：或刺耳或低沉，此消彼长。

嗡嗡的噪音一直不停。很有规律。捕获它自身发出的尖声利调。

噪声从早上七点开始，一直持续到午后一两点。这是一个工作日。伊蕾娜用眼睛参与了工作。

本来脚手架跟伊蕾娜和弗兰茨有关。庭院的寂静被脚手架打破了。而房间的窗子下面依然缺少一条街道。接骨木疯长着。早上，齿轮的新一轮转动就要遮蔽自然景观。

接骨木纠缠在伊蕾娜和弗兰茨之间：惶惶不安如她，捉摸不定如他。七点钟，男人们登上了脚手架。其中一个很年轻，头发及肩，额头上系一条发带，臀部又宽又平。他的肚子像有一只巨大的灯泡藏在衬衫下面。这个年轻的工人看上去像个胖孩子。

这个工人有时会在脚手架上一边干活一边吹着小曲儿。曲调很有节奏感，声音不大，好像他正走在底下的平地上。好像他不想干活，只想琢磨琢磨事情，吹吹曲子。

脚手架上每天站着五个工人。

伊蕾娜的目光在搜寻那个系着发带、长发披肩的工人。她朝他看过去。

除了眼睛看到的，伊蕾娜并不想对他做过多了解。她看着他融入到脚手架的噪音里去。他的胳膊举起又放下。接过别人递过来的板条和钳子。他不看任何人的脸。他长得不好看，从来不说话。

只有别的工人走到她关注的这个工人身边时，她才注意到他们的存在。然而伊蕾娜并不关心他们在做什么。他们的存在，只是为了配合那个系头带的工人在脚手架上干活。

现在，弗兰茨大概能忍受这个庭院了，伊蕾娜想。这里有一个脚手架，一天变一个样。脚手架后面有一面墙，那面墙也一天变一个样。

原先有只鸟，经常飞到庭院却不久留。它迷失了方向，常常在另一个季节里鸣啭。自从有了脚手架，它便很少飞来，还没等下落就已远去。它没时间啁啾鸣唱。一张开嘴，便唱出走调的歌曲。

现在，弗兰茨大概能忍受这份不安了，因为寂静没有了，伊蕾娜想着。他现在或许会说，你不明白我的意思，你很冷静。这话弗兰茨只能在寂静的时候说。

下午，脚手架歇工了。伊蕾娜关注的那个工人已经走了。每天下午，脚手架上都空空如也，好像他再也不会回来，好像他吹着吹着口哨就迷了路，跟那只鸟一样。不像是在自己的季节里唱歌。好像他在上楼下楼间找不到方向了。

庭院里的寂静把伊蕾娜赶到了街上。

你没有手霜吗，戴鸭舌帽的年轻人问道。

没有，伊蕾娜说。

他靠在一个关门的小吃铺子边，眼神不善。

他一开口讲话，伊蕾娜就不再怕他了。

可惜。你们女人的手袋里总是装着这种东西的。

我家里有。

你从哪儿来。

问这个没用。

伊蕾娜走了。她听见自己的脚步声在耳朵里回响。

那问什么有用呢。年轻人问。

托马斯认识这个戴鸭舌帽的年轻人。他住遍了所有老城区。有许多人还活着就已失去踪迹，他只是其中一个。

他们经常处处留痕，行迹从一个角落转到另一个角落，从不带走任何东西。托马斯说。

托马斯认得站街的姑娘和小伙子们。

有几年，他们让自己的皮肤剔透光泽，眼睛光彩熠熠，就像湿润的宝石。他们的瞳孔是深藏的隧道尽头，是用生锈管子做的半成品首饰。

瞳孔，托马斯说，瞳孔好似眼睛止中的耳坠。

年龄很快在大腿和臀部周围枯萎。年龄驻足过的地方，混杂着香水和一团尿味。

那么后来，后来怎样了呢。在势不可当的四季变迁中——当阁楼和地窖越来越昂贵，当颁布禁止登上城市钟塔的命令，当地铁站里的长凳被改装成椅子、地铁入口的铁门夜间上锁，当巡警队从车站大厅里走出来——他们变成了什么样。

在年初和秋天，桥下树木和钢轨之间有不见光的角落。夏天，公园长凳上，塑料袋被当成了靠枕。梦，像夜和季节一样长。那是头脑之外的梦，梦里的老鼠、兔子、鼹鼠和鸟使用相同的入口。

冬天，汽车伴随红灯和汽笛呼啸而来。

睡着的人在僵硬中等待。警察和医生不再喊叫。他们打开卷尺，用石笔标记。行人前来围观。

在所有这些夜晚，音乐一如既往从酒馆里涌出。绿色的天鹅绒桌子上方，灯泡下面，白色的桌球滚进了洞。

那是些同时披着善和恶的人，托马斯说。他们是双重身份的天使，善在他们身上无所顾忌，恶在他们身上软弱无助，以至于你不知如何应对。当你看到双重身份的天使，你必须得换一条路走。

大部分人都有幸，托马斯说，不必认识这类人。我不幸。或者，就那么一点点幸运。就连我的不幸都不那么明显。我每天必须拗着自己的想法，为我的不幸做点什么。

如果你不为你的不幸做点什么，伊蕾娜问，你就幸福了。

不幸跟幸福没有关系，托马斯说。如果我对我的不幸袖手旁观，我就会一筹莫展。它就像块石头，我没法动弹。于是我必须得做点什么，好让它动一动。

伊蕾娜很想到小吃铺子给那个戴鸭舌帽的双重天使送去她的手霜。它就放在桌子上，镜子旁边。

第十章

换季的时候，时尚令人眼花缭乱。而且来势汹汹。伊蕾娜希望自己能多几个身体，可以试穿橱窗里的衣服。希望有更多钱，能买得起那些衣服。或者不必非买不可，只要借一下，狠狠穿几天，穿腻了为止。略微开线的女士丝袜，沿着路牙子一直伸到路尽头，似乎女人们就只长了腿。为男人长的腿。带着锁套的腿。它们捕捉别人的目光。也捕捉伊蕾娜的目光。

伊蕾娜感觉到她膝盖窝里的皮肤。摆动的节奏。那是伊蕾娜在街上走路时激起的节拍。步子并不均匀，却很轻。

伊蕾娜看到的一切都是一场意外。事情还有可能是别的样子。而到了下一秒钟，就真的成了别的样子。

伊蕾娜没有钱，这让她在商店里两手发干。舌尖上长出一块苦涩的斑块。

橱窗间的灰尘扑到她脸上。

但是在某一天，当伊蕾娜在这座城市三个不同的地方，见到三个戴着同样飞机形状发夹的女人，她却很庆幸自己没有钱了。还庆幸自己的头发太短戴不卜这些发夹。她的头慢慢变沉，鼻子和嘴之间的皮肤就像一只巨大的昆虫在抽搐。

伊蕾娜这才明白：时尚缩短了生命。

橱窗里的黑色蕾丝内裤像被撕烂的。

伊蕾娜想象着那些穿黑色蕾丝内裤的女人去洗澡，或者奔向衣柜。还想象着，夜里没人看那些内衣。

伊蕾娜知道鄙视黑色蕾丝内裤的女人。

她们的厨房晾衣架上挂着白色纯棉内裤，那也没有用，伊蕾娜想。还想到，她们受到了刺激，也跟那些女人一样，明知那是陷阱。那些女人，穿着黑色蕾丝内裤，躺在男人的股掌之间呼吸。

商店门上的进门钟没完没了，好像伊蕾娜进来过三次。其实第二次响的时候，门已经关上了。

柜台后面站着一个小个子的老女人。

她张开嘴，好像要打哈欠。但并没有打。那是她的方式，说话之前先在嘴里组织一下词汇。

要我帮忙吗？她问道。

伊蕾娜的手指在杂乱的蕾丝内裤之间摸来摸去。花朵图案，黑色的，躺在伊蕾娜的手背上。

那女人眼睛一直盯着伊蕾娜。

伊蕾娜的手指不停地自顾游览。那女人盯着，好像要禁止什么。好像在她的肉体还鲜嫩平滑时，就已耗尽所有的爱。

在内裤之间，在伊蕾娜的手指尖之间，是弗兰茨的拇指。

您决定了吗？老女人的脸问道。

伊蕾娜让弗兰茨的手指还待在内裤之间。

进门钟的声音很响，一会儿一响，好像被风吹的。

一个瘦巴巴的女人从门口挤进来，挎着个狭长的手包。

她飞快地走到货架边，站在香水前。

她把袖子上的手包撸高。她拿起一个小瓶。她喷到两耳后面，脖子附近，大衣领上。她左顾右盼，打开手包。她拿出一块手绢，两面都喷上香水。

伊蕾娜站在她身后。女人把小瓶放回货架，瓶子里的香水晃来晃去。

香气发甜。老女人转过身。她觉察到伊蕾娜的目光。

她脸上有一种被皱纹刺穿的高傲。当她把手包撸回到袖子的部位，拿在手里，那脸又成了一种被皱纹刻穿的鄙视。

伊蕾娜回家的时候打开了信箱。有几封信掉到地上。信箱里塞着一份广告。

伊蕾娜弯腰捡起来。广告上写着：刺激感官之香水，滴滴尽是诱惑。

伊蕾娜闻了闻信。她认出了其中一个信封。它来自另一个国家。

伊蕾娜认出了从另一个国家寄来的信，不用看邮票邮戳，只要看看那灰白粗糙的纸，就知道了。

信是达娜寄来的。

达娜的信总要在路上颠簸好几周才到。在伊蕾娜打开之前，总是被人先拆开过。信的内容已经不新鲜。信里写的东西，都被仔细检查过。查查是否写了什么不能写的内容。

这是封刺激感官的信，伊蕾娜心想。滴滴墨水尽是诱惑。

伊蕾娜撕开信封，读到最后一句：

我渴望，几乎是用身体渴望你。

从这句话里飘出了达娜的声音。然而，伴随这声音的还有一丝呼吸，伊蕾娜知道，那呼吸不属于达娜。

伊蕾娜时常想起另一个国家。这些想法并没有如鲠在喉。并不混乱。这些想法一目了然，几乎是井然有序。伊蕾娜把它们装进额头，推向后脑，就像对待文件夹一样。

那个在头脑里不停运动的东西，叫乡愁。思虑一直干涸。从没流过眼泪。

有时候伊蕾娜会怀疑：揉皱和熨平，在她身上是既和又的关系。

她把乡愁分散到土地和国家、当局和朋友身上。默默擦在陌生书架上的文件夹，是对半生做的结算。

伊蕾娜已经适应了。她很惊讶并且清楚意识到了自己的惊讶。

伊蕾娜已经在这里生活了好几个月。月份插进了日历。那上面没有她能够为之证明的东西。除了季节更替。

一个季节不会在下一个悄然登场之前就结束。

街角药店上的温度计在上升，下降。

临街的栗树光秃秃的，有白，有绿。

是啊，肋骨下面时不时来一下无声的抽动，好像沙子在推移。

腹中空空。那空旷爬到了嘴里。小腿上有撕痕，好像针线在跑。这些，伊蕾娜从镜子里是看不到的。

可是她看到了恐惧，那是没有收到任何预警、某日忽从天降的恐惧。

也许乡愁跟头脑并无关系，伊蕾娜心想。只是自发而含混地栖身于思想的秩序之中。也许乡愁是一种感觉，当你知道它是怎么回事。知道它如何排遣。当你深一脚浅一脚走在街上的时候。

如果那就是乡愁，伊蕾娜想，那么我就是在自欺欺人。

施特凡把厚厚的文件夹撂到桌上。

研修项目，他说。

他脸色十分苍白，把鬓角衬得像纸。

伊蕾娜掐了烟。施特凡看着烟灰缸。一缕红光升起。

伊蕾娜迅速抽回她的手，放在桌子底下，放在膝盖上，好像手溜走了。

你知道吗，施特凡说，我跟我的出生地没有关系，一丁点儿瓜葛都没有。

伊蕾娜曾通过别的事知道那个地方。那是一座小城，里面住着一位作家。伊蕾娜读过他的书。

把我跟这个地方联系起来的唯一东西，就是一条模型铁路，在我爸妈家的地下室里，施特凡说。

伊蕾娜知道施特凡的父亲已经去世，母亲健在。她一个人住在这所房子里。

施特凡没有提及那个健在的人，眼下在伊蕾娜看来，倒是一种刻意的疏忽。

邻桌的男人把灰色围巾的一端搭在肩膀上。他在听施特凡说话。他借了个火，接着听。

一到下午，我就待在这所房子的地下室里，施特凡说。

伊蕾娜听到模型铁路和头顶老妇人的脚步，走在光秃秃的地板上，穿行在不同物体之间。

你妈妈多大年纪了。

我一从地下室出来，就听见她说话，施特凡说。她不是在跟自己说。她在演过家家。妈妈，爸爸，孩子。就连妈妈也不是她自己。她扮演的妈妈，是另外一个妈妈。不仅对于她，对于我来说，也是另一个人。她的目光看上去就像即将遭遇风暴的女人。

你知道吗，风暴一来，我就到街上去散步，施特凡说。

女人们用皮肤感受风。她们被风暴吓得心烦意乱。她们的目光好像能看出接下来几年发生在自己身上的事。她们总在拿什么去冒险。

是害怕变老，施特凡说。她们的脖子会越来越长，双手会泛白。

戴灰色围巾的男人弯下腰。

她们的步子晃晃悠悠，好像要把腿杵到天上。

施特凡讲话的声音太大了：

我掏钥匙的时候很小心。我们回家的时候，我不想惊动她。

施特凡朝四周看看：

我把床铺好，开讲。我没完没了地讲些跟我无关的事情。

施特凡的嘴湿乎乎的：

当第一串雨滴落下，我躺在陌生的肌肤旁边。当床有了温度，女人们都变成了透明体。只有一点让人不太舒服。当我亲吻她们的时候，我总是听得见她们头脑中嗞嗞作响。

伊蕾娜撸起衣袖，看看表。伊蕾娜没有看指针，而是看着表盘上无穷无尽的关联。

一个咔哒，在场的事与不在场的人等分成了两边。

第十一章

伊蕾娜在去机场的路上。伊蕾娜在奔向弗兰茨的途中。她很高兴离开这座城市。

地铁车厢里坐着五个人，全部都有双硕大的手。全部都在发呆。铁轨咯吱响起来。他们都跟着点头。只有他们的头在动。

伊蕾娜对面坐的那两个人，熟悉对方哪怕最小一个姿势。于是，这一个为另一个所做的一切都是错的。

从年轻人的纠缠不休和强词夺理，可见他正扮演着父亲的角色。而坐在对面的老人则在演儿子。

父亲把头搁在儿子的肩上。他的眼睛并不悲伤。双目暗淡无光。只剩一片呆滞。

儿子忽然说了句什么，声音很小。他旁边立着一个塑料袋。他从塑料袋里拿出一个食品保鲜袋，里面有切片面包和三个鸡蛋。

儿子大声念着站名。

父亲闭着眼睛，从他的呼吸来看，似乎他已经习惯了走到哪儿睡到哪儿。

你现在不能睡觉，儿子说，听着，你现在不准睡觉。

他从保鲜袋里拿出一个鸡蛋，开始剥皮，连看都没看：他把剥下来的小碎片收到一起，放在手里。

当鸡蛋被剥得光溜溜以后，他把皮放进上衣口袋，似乎他习惯了走到哪儿吃到哪儿。

鸡蛋成了他的累赘。他把鸡蛋举到父亲的面前。父亲又成了他的累赘。

我不能吃，父亲说，你听到了吗？我现在不能吃。

他说这话的时候没睁眼。

你只会睡觉，上帝啊，你可以睡了。

儿子让光溜溜的鸡蛋掉进袋子：

我让你待在这儿，听着，我让你坐这儿。

当伊蕾娜上街的时候，灯光是灰色的。只有路堤被照亮。路堤后面，挤在天空和草地之间的，是太阳。所有汽车都开往地下。路堤上面有只鸟振翅欲飞。最后一秒钟，它改变了主意。因为光线刺眼。烟尘四起，树干摇晃树枝。

在路堤后面，在太阳栖身的地方，是飞机场。

机场大厅里是茫然无措的旅人。他们彼此讲话的时候，都压低了声音。

旅行者们提着箱子，好像肯定有什么不可预见的事情要发生。他们步伐缓慢。当不幸来临，谁也预见不了最大的困境是什么。

伊蕾娜坐在登机牌指定的座位。

邻座是一个男人。他的指甲上有几处红色的小伤疤。出发之前，他匆忙把指甲剪了。因为担心指甲在路上长得比在家里快。

就连他的头发也是刚刚理过的。

空乘用大拇指示意紧急出口，说，乘客应跟随红色小灯到达紧急出口。

伊蕾娜寻思，飞机坠毁前为什么会一片漆黑。现在是上午。

在另一个国家，伊蕾娜从某个建筑工地上偷过一个牌子。牌子上有个男人，一头栽倒在地。牌子上写着：将危险扼杀于无形之中。

伊蕾娜把另一个国家的牌子挂在了自己的房间。挂在床头的墙上。那句警告令她联想到自己的生活。联想到所有她认识的人的生活。

多年以来，这个牌子跟另一块牌子并排挂在一起。那是伊蕾娜从一条乡村公路上偷来的。那块牌子上有个拿着铁锹的男人。伊蕾娜在上面写道：挖掘总是处在合法的边缘。这是一本书里的话。

就连这句话也令伊蕾娜联想到自己的生活。

空乘的嘴在微笑。

伊蕾娜靠窗坐着。她想看见云和自己的恐惧。她的恐惧在外面，在云端。

弗兰茨的脸是恐惧还是云，难以分辨。

空乘从过道上端来一个咖啡壶。

打扰一下，您的心脏停止跳动了，伊蕾娜听见她的声音在说。

她的嘴并没有动。

伊蕾娜知道，弗兰茨多半不希望她去看他。

她把小街的长度当成了深度。树叶泛着潮气，人行道上停着汽车。花园后面的窗子里亮着光。光线太暗了，暗得看不出叶子的颜色。只有叶子边缘被照亮一点点。

停放的汽车被大片黄色树叶覆盖。盖住了车顶，行李厢，以及车窗。

叶子尚未枯萎。它们就像刚剪下来一样新鲜，还有淡褐色的长长叶柄。

人行道被厚厚的叶子盖住，被行人的脚踩得高低不平。

伊蕾娜打着冷战，因为人行道太软了。她不让人察觉到她浑身发冷。她不想勉强谁来拥抱她。她也不确定自己是不是真的冷。那也可能是一种发热。或者是冷热共同作用的结果。

到处停着车。伊蕾娜在其中一辆旁边站住，说：

这里就像墓地。

弗兰茨没有说话。他动了动嘴。他下巴尖瘦。他那件深灰色的长大衣消失在铺路石里。

奇怪，弗兰茨说，看着树叶竟想到了墓地。

伊蕾娜双手放在窗台上。街面被照亮。酒馆的门慢慢打开。一个醉汉走到了街上。

一辆车停了下来。

停驶的汽车好像被打扮过一样，弗兰茨说。

从车里面走下一个女人。她随手关上车门。

这个是我，另一个是你，伊蕾娜说。中间什么也没有。

女人的指尖滑过雨刷。

所以我没反驳你，弗兰茨说。

伊蕾娜看见他的眼睛一动不动地盯着车窗。

你让我吃了一惊，弗兰茨说。

伊蕾娜匆匆看了一眼房间。火柴搁在伊蕾娜放大衣的地方。

外套从女人的右肩上滑下。挂在她左肩上。

我说的都是我看到的东西。我没想让你吃惊，伊蕾娜说。

一个男人坐在一张报纸后面。一个女人穿着一件酒红色的夹克，把一块肉举到男人面前，放到一个空盘子上。

男人看了看那块肉，继续读报。这一切都发生在电视屏幕上。

女人开始说话的时候，弗兰茨把声音关了。伊蕾娜有种感觉，弗兰茨不想让她说话。伊蕾娜注视着女人的嘴。却不知道她在说什么。不过伊蕾娜明白，女人说的话，恰恰可能是她自己要对弗兰茨说的。

现在，当女人说话没有声、男人吃着那块肉的时候，屏幕上的酒红外套如此僵硬，如此漂亮，又如此多余，好像一顶酒红色的帽子。

弗兰茨斜坐在椅子上。

因为酒红外套把椅子和地板都推到一个角落，只有距离比较远的东西才有那样的角落。伊蕾娜看见了弗兰茨非看不可的东西：穿酒红外套的女人所做的一切，都在跟弗兰茨作对。

伊蕾娜并不介意。倒是女人在每个动作间的姿态都过于夸张，令伊蕾娜不人舒服。

她可以勒索。人呢，要么就是随时可能勒索，要么就是从来不去尝试。

伊蕾娜在街上等弗兰茨。

一个男人在乞讨。站在橱窗前的女人在看帽子，什么也没给他。男人嚷了起来。

当他站在伊蕾娜面前伸出手的时候，伊蕾娜把两枚硬币放在他手里：

如果你不微笑，伊蕾娜说，不会有人相信你的话。如果我说我渴了，男人说。那么他们会无动于衷。只有饿管用。

弗兰茨拽拽伊蕾娜的袖子。

你给他东西了，你相信他了，他说。

他渴，伊蕾娜说，他没有说谎。

弗兰茨朝她俯下身，他的脸很凉，目光湿润。他抚摸着伊蕾娜的头发。

弗兰茨小心翼翼。他身后的高楼整个是个玻璃体，闪闪发光。弗兰茨有点头晕目眩。

每座城市都把他变得不一样。目前马尔堡还没达到那个程度，伊蕾娜心想。也许他喜欢法兰克福。

接下来是一家咖啡馆，又一家，第三家。最后一家空荡荡的，一切都是黑色的。杯子和碟子也是黑的。周围都是镜子。弗兰茨每次都是边说话边把杯子举到嘴边，即便杯子已经空了。他说了很多话，总是看自己的手。

然后是河跟岸。一条长椅，没有床。弗兰茨看着水面说：我很喜欢触摸你。

接下来，天黑了，同性恋红灯区在树叶遮蔽的那条长路上开张了。叶子后面的灯光老远就能看得见。

伊蕾娜不确定弗兰茨知不知道身在何处。不过她发现弗兰茨和她不属于这里。因为一看到这两个如此罕见的行人，等待搭讪的人就消失不见了，好像灌木丛里的影子一样。如果弗兰茨是一个人来，那么他们等的人可能就是他。

伊蕾娜想起了在另一个国家的那个被松绑的夏天。想起了灌木和那个男人说的话：别走开，我不会对你怎么样。我只想看着你。

伊蕾娜还想起了鼓手。

树枝上的木权比叶子多。等待搭讪的人还没消失。他们身后发出簌簌的响声，即便没有树叶。或者，当木头撞到了饥渴的皮肤，就会发出这种声音。

弗兰茨走在伊蕾娜前面。伊蕾娜看着他的背影。

伊蕾娜想：现在他变了。他成了同性恋，在路上，在叶子和木权之间，因为他正在这些图像中穿行。

是嫉妒强迫伊蕾娜每走一步都盯着脚下。伊蕾娜很想要弗兰茨，同时又希望他是个同性恋。她忘了自己不是男人，而是个女人。

她想起了那个词，女人们常用的词。伊蕾娜不喜欢那个词。

她也不希望跟那个词有任何关系。

吻我，伊蕾娜很想对弗兰茨说。但她什么也没说。

伊蕾娜陪弗兰茨走到火车站。

火车停在铁轨上。芥末绿色的长筒袜。姑娘背着蓝色书包。音乐从她的耳机里鱼贯而出。抹得很浓的眼影。眼睛睁得又大又呆滞，**好像从未注视过某个画面。**

一个球在站台上方转动。球的内部发着光。

两个女人在交谈。边说边用手在面前比画着。她们的手长得很像。若不是看戒指和指甲油的颜色，很难分辨出手是谁的。接着，手把箱子往跟前拽了拽。嘴唇张了张，却只字未说。

双黑色漆皮鞋擦得铮亮。只反射出一双白色袜子。

一只鸽子在火车旁边匆忙捣着碎步。它的头非常僵硬，伊蕾娜无法判断那究竟是出于高傲，还是出于某种折磨着它的疾病。

光线在没有火车的铁轨上凸起。铁轨之间横陈着枕木。枕木之间铺着碾碎的石子。还有烟头。

鸽子悬在火车上面的空中。伊蕾娜看见它嘴后边的齿轮。

到了伊蕾娜不得不把所思所想都说出来的时候，她却找不到一句可以说的话。连随意拼凑的字母都不行。

从那个转动的球里传来一个女人的声音，播报列车进站。

美丽的嘴唇，高高在上，伊蕾娜想。那嘴唇在为侏儒播报火车进站。

穿芥末绿色长筒袜的姑娘上了车。她腿上的重量比她的背包要重。

跟你在一起真愉快，弗兰茨说。

伊蕾娜没有接茬儿。那种在一起时的愉快让她心痛。那愉快属于过去，那愉快留在从前。

伊蕾娜回到了旅馆。

她打开了房间里所有的灯。她打开电视，然后去洗澡。她洗了内裤和裤袜。她把内裤晾在椅背上，裤袜放在熨衣板上，立在柜门边。

屏幕上现出一座小城。

小城里的居民都跑通勤。走到火车站得经过葡萄园。

暮色降临的时候，年轻女人们从大城市坐火车回来，经由葡萄园回家。

八个女人在葡萄园被强奸。

凶手是两个男人。

播音员说出了他们的名字，还展示了一把匕首。就是这把匕首逼迫女人们就范。

播音员说了一个数字。是悬赏金额。

屏幕上亮出两幅模拟画像。

就算伊蕾娜认出那两个凶犯，单凭那个悬赏金额，也不可能还受害者一个公道。

比这案子本身更让伊蕾娜难受的是，人们再也不敢去葡萄园了。无论对凶犯还是受害者，都超出了承受范围。

房间里的空气是古旧的味道。比家具还要古旧。伊蕾娜打开了窗了。

此刻，就在伊蕾娜探出头的时候，她忘记了宾馆的名字。忘记了穿过这座城市的那条河。也忘了河上的桥。

冰冷的大地冰冷的心，给延斯打个电话吧！这时出现一个电话号码。

房子山墙上有一片涂鸦，比树还高。字迹已经模糊，字母是用手指头写的。路人走过广场，不必抬头就能感觉到字的气息。他们边走路边把手伸进衣兜。他们打着冷战，却不知何故。

伊蕾娜想象着那个叫延斯的男人。比她自己年轻，跟弗兰茨一般大。又想到自己，从小就在另一个国家生活。现在，城市里流行"延斯"这个名字，就跟在另一个国家总有人叫弗兰茨一样。

伊蕾娜的视线离开了广场。橱窗里的男人们尾随着她，目光狡黠，满头金发，笑容虚伪。

伊蕾娜的膝上挂着一个重物，额头里浮着一个愿望。这个愿望几乎包围了城市。

冰冷，大地，心。伊蕾娜把电话号码给忘了。还有，**延斯**。

电话铃没响几声，接着是一个孩子的声音。

延斯，伊蕾娜说。

妈妈，孩子喊道，是昨天的女人。

电话里传来咔嚓声，然后是忙音。

旅行的人，伊蕾娜思忖着，到沉睡的城市旅行的人，带着激动的目光，抱着失效的愿望。他们从城市居民的身后走来。一条腿上是旅行者，另一条腿上是迷途者。

旅行的人姗姗来迟。

我们已经证明，**假如存在我们，我们就不是我们**，弗兰茨说。

伊蕾娜看着电话拨号盘上的数字。它们在哔哔作响。

不，是表的滴答声。

假如我们一起存在，伊蕾娜说，成对存在。

这句话是引来的，弗兰茨说。

伊蕾娜看着安静的脚手架：

是谁说的。

接近中午时，伊蕾娜关注的那个工人把窗框刷成了绿色。

我不知道，弗兰茨说。我连书名都忘了。我甚至都不知道那本书是讲什么的了。反正不是关于爱情的。

有几天了，伊蕾娜关注的那个工人站在最高处时不吹口哨了。他裤兜里揣着一个红色的小收音机。收音机为他唱歌。如果电台里传出话音，工人就把手伸进裤兜，调到别的频道。

那个工人听流行歌曲，摇滚乐，管乐。

人是会忘掉整本书的，伊蕾娜说，这个我知道。只有某些狂妄的句子还能记住。这些句子属于某个人，似乎发生在某个车站里的一次特殊经历，把这些句子悄悄告诉给某个人。假装这些句子是某个人的突发奇想。

车站，弗兰茨说。我觉得这本书是关于城市的。

你改造这些句子，把它们变成自己的，伊蕾娜说。你以为能靠这些句子生活，因为它们很狂妄。

被刷成绿色的窗户旁边有块颜料。伊蕾娜关注的那个工人在调试灰色和墨绿色颜料的细微差别。

不过用不了几年，你就会对那些句子感到厌倦。当你说出来的时候，发音司空见惯。没有新奇的发音，伊蕾娜说。就只有你自己的。不过是几个平时不说的词。就像一张照片，上面的人是你自己，带着一副奇怪的表情。句了的狂妄已经杳无踪迹。

狂妄，这个词我喜欢，弗兰茨说。

为什么是草绿色，伊蕾娜心想。眼睛看着那块颜料。

然后弗兰茨说了挂掉电话前的最后一句，他说：我祝愿你。

这句话祝愿的，并非伊蕾娜所期望的。

伊蕾娜试图把弗兰茨说过的第一句话重复一遍。可是她忘记他的原话了：

假如我们存在。此前是什么，后面又是什么。这是一句不属于伊蕾娜的话。就算是读书时看到，她也不会在意。

第二天上午，邮差送来一封急电：

"人们若能从城市的里面看见城市，城市就成了另外一座城市。伊蕾娜是远方某座城市的名字，一旦人们走近它，它就成了另一座城市。一个是给路过而不走到城里面的人，另一个是给被城市攫住并

251

且再也走不出去的人；一座城市给初来此地的人，另一座是给彻底离开的人；每个城市都理应有另一个名字，也许我曾用别的名字讲起过伊蕾娜，也许找只讲过伊蕾娜。"

没一个字是我自己说的。都是引用的，弗兰茨说。这本书叫：看不见的城市。几年前我就把关于伊蕾娜这座城市的段落划出来。当时，我没有把它跟任何人联系到一起。现在，你叫伊蕾娜，还真是让我吃了一惊。

第十二章

伊蕾娜坐在临时难民营的等候室里。她的号码是501，尽管除她之外那里再没别人。伊蕾娜听见门后面咖啡机工作的声音。她还听见办事员在说话。不紧不慢，每两个词之间都拖着长腔。

一个女秘书把门打开了一道缝。她招招手。她穿一件绿色的丝质上衣。手按在门把手上。

伊蕾娜侧着肩膀从门缝蹭进办公室。秘书示意她坐窗户旁边的一把椅子。

办事员坐在办公桌旁喝着咖啡。桌上一份文件也没有。只有一只咖啡杯和一个存钱罐。

办事员呷咖啡之前先撇了一下嘴巴。他朝窗外看去。

外面，一辆长途货车在树丛间呼啸而过。波兰人，办事员说。

他突然跃身而起，手里还拿着咖啡杯。他用指尖敲着玻璃窗：

您都看见了，他还在那儿。

可不是，秘书说。

可能您把他跟别人弄混了，伊蕾娜说。

秘书从打蔫的植物上扯下一片叶子。办事员站着喝咖啡.

没有居留签证，没有工作许可。什么都没有。他看看秘书的手，那只手在揉搓着叶子。他一脚踩到了伊蕾娜的鞋上。伊蕾娜把脚收回到椅子下面。直到他再次落座，他才把咖啡杯放回到桌上，说：

要弄混至少得有两个人。您以为我是怎么记住人脸的。您大概以为我该退休了吧。我什么都能认得出来。跟谁弄混。

跟另一个波兰佬，秘书笑道。

有可能，那些家伙可到处都是。

跟一个德国人，伊蕾娜说，也许跟一个德国司机。伊蕾娜看着咖啡杯的裂痕和办事员的大拇指。

秘书打开一个抽屉：

拜托您，您见过这个人的。他遭到过政治迫害。是啊，您知道的，如果有人要颠覆政府。我们能怎么办，您说，我们还能怎能办。

这位女士也是从东部来的，办事员说。

秘书翻阅着伊蕾娜的档案：

这太可笑了。

她并没有笑。

伊蕾娜醒了，出了一身汗，好像从梦里逃出来一样。

接下来是另一些图像的组合：

地铁里的办事员。他在伊蕾娜身后上车，进车厢前就把帽子摘了下来。拿顶昂贵的帽子在这里有何企图，这里连树都是断的。

办事员坐在了伊蕾娜身边。他对伊蕾娜提了一个问题。

伊蕾娜用另一个国家的语言作答。那是同一夜晚的另一个梦。

办事员把那顶昂贵的帽子放在膝盖上。他碰碰伊蕾娜的胳膊肘说：

我已经料到了。您只有到办公室找我的时候才说德语。

伊蕾娜把德语忘了。

伊蕾娜唯一可以用德语说的一句话是：为什么你总喜欢对比，这毕竟不是你的母语。这句话是托马斯说的。

那原是个很长的句子。它本可以证明伊蕾娜会说德语。可是，说出来却得不偿失。这一点伊蕾娜甚至在梦里都很清楚。

梦自有它的理由，托马斯说过，当他讲起他的甘草梦时说：

先是有条起伏不平的街道，接着是一个村子，里面散布着二层小楼。你知道的，大都破破烂烂无人居住。接着我看见我的妻子和儿子出现在一个儿童生日聚会上。在场的成年人比孩子多。所有成年人都是女人。所有孩子都是女孩。这时我才发觉，就连我的儿子也是个女孩。所有女人和所有女孩都在吃甘草蜗牛。这个生日聚会上只有甘草蜗牛。所有人都吃得饱饱的。煎烤食品，以及无数只手。桌子上，椅子上，桌子下，椅子下，到处都是甘草蜗牛。女人把它们挖出来，弄干净，吃下去。女孩们用挖出来的甘草蜗牛摆火车玩。

我不希望任何人做这样的梦，托马斯说，哪怕是我的敌人。

伊蕾娜用手背摩挲着托马斯的脸颊：

你有敌人吗？

托马斯耸耸肩。

你不用上班，很少跟当局打交道。你做的一切，都是私人行为。

托马斯想了一下，说：

是啊。

他说得很慢，好像还没找到下一个词是什么；我有朋友。所有朋友都是我过去的、或者未来的敌人。

你算上我了吗？伊蕾娜问。

我不知道，我没统计过。

你知道这个游戏吗，托马斯问：

草地上有一群羊，由一个牧羊人和一只牧羊犬看管。确切地说，看守羊群的不是牧羊人，而是牧羊犬。草地后面的森林里潜伏着一只狼，一只狐狸，一只老虎。

托马斯边说话边用手比画着。

在草地的另一边，一棵树底下，有一只贵妇犬。身旁有鲜花。这只贵妇浑身雪白，托马斯说。牧羊犬在责任与爱情之间进退两难，既要看守羊群，又要对贵妇犬示爱。它必须赶在野兽围攻羊群之前将野兽赶走。它还得为贵妇采一束鲜花，以表明它的真心。与此同时，它还不能让牧羊人看见。

我当然是跟自己对抗了，托马斯说。他用手比画着：

第一局表现最好。我得了很多点数。后来我又玩了一局，输了。那不叫游戏。那叫失败。

当然，我总是扮演牧羊犬。每局游戏里，我都能跟别人占有几头野兽。还有贵妇犬，以及牧羊人。不过，我总是跟一个皮条客一起演牧羊人。一天天下来，我的人际关系也被这个游戏改变了。

作为牧羊犬，托马斯说，我当然永远不能被吃掉。我遇到了更可怕的事：我被折磨得筋疲力尽。不管我做什么事，都觉得于心有愧。

这个游戏不过一个袖珍计算机那么大。

让我当牧羊犬吧，伊蕾娜说。

她按下了红色的键。

狼在啃噬一头羊。牧羊人在绕圈子。牧羊犬在赶狐狸。

你可别忘了贵妇犬，托马斯说。

伊蕾娜笑道：

我没法理解牧羊犬，也不喜欢这条贵妇犬。

老虎吃掉一头羊。

托马斯把游戏从伊蕾娜手里夺过来：

你必须得跟牧羊犬感同身受。你必须得爱上贵妇犬，不然你就玩别的游戏吧。

伊蕾娜从水果盘里拿起唯一一个黄色的苹果。果皮已经缩水了。

吃桃子吧，托马斯说。

他把桃子举到窗前的光线里。伊蕾娜摇摇头。

香蕉也是黄的，托马斯说。

黄的，但是没缩水。

那就吃个新鲜的苹果。

死去的那个年轻政客的照片不在写字台上了。

你把照片扔了？

托马斯手里拿着一个绿色的苹果，点点头。

那张有白色指甲根的也扔了吗。

扔了。简直就是我的翻版。我认识这个级别的男人们。说"男人们"有点夸张。我认识两个。两个外交官。说"认识"不确切，应该是"认识过"。霍尔格和约阿西姆。当时我还是个书商。两个我都上门拜访过。霍尔格在东部的某个地方，约阿西姆在莫桑比克。两个人都有点痴狂，霍尔格为他的圣像，约阿西姆为他的象牙。他们都只有一个念头，那就是如何千方百计搞到更多的圣像以及更多的象牙。

伊蕾娜的目光扫过书架上的书脊。

夜里我们看不见边际，托马斯说。马普托[1]天亮以后，仆人就来了。稍后来的是乞丐。他们都是些半大的孩子。桌子上堆满玻璃杯，上面都是我们的手指印。我惊得目瞪口呆，因为我听见仆人一边叫嚷，一边摔东西。他们在哄赶乞丐，用鞋子扔，用抹布、脸盆赶，直到那些乞丐再没了踪影。

午饭时间，我跟约阿西姆到了港口。之前我们刚在一条狭长的街道碰面。约阿西姆从使馆出来，当时是他的午休时间。我打老远就看见他了。还有谁会在这里穿西服呢！街边上有几个乞丐，一些在吆喝，另一些只是躺在那儿。约阿西姆也不知道他们是否只是在睡觉。我问过他，这让他很不舒服。这座城市热得冒火。约阿西姆的钢琴在经历漫长的旅途之后，终于抵达了码头。木桥在泊船处摇摇晃晃。我们站在那儿，拖着两条细腿，一副睡眠不足的样子。钢琴只打了一半的包装。在水边熠熠发光。码头空落落的。约阿西姆来回踱步，头上冒汗，头脑警醒。他时不时微笑一下。我在他的嘴里看见了钢琴键。谁知道，托马斯说，他在我脸上看到的是什

1　莫桑比克首都，东非第一大港口。

么？我总归只是为一个外交官的隐蔽激情而存在。一个有钢琴的人，一个猎取象牙的人。我想起了他写给我的信，用尊称写的，只是为了掩饰我和他的关系。我讨厌自己。约阿西姆回使馆了。在他的汽车到达之前，我得负责看着他的钢琴。我一辆汽车也没看见。一小时后，我乘第一班船离开了码头，没带一件行李。

我爱吃缩水的苹果，伊蕾娜说。

托马斯朝街上望出去。

伊蕾娜用苹果碰了碰他的手：

苹果的口感软绵绵的，咬下一口含在嘴里，有一股余味。

看上去也是这个样子。软绵绵的，你嚼得这么慢，就是因为你觉得它不好吃。

这味道不是苹果味。我不知道那是种什么味道。苹果在舌尖，就像深秋的阳光照在后脑勺上。人们只有朝反方向行走时才感觉得到。

我太久没见过鸟群了。从前在晚上，在房子与房子之间，我总是让我儿子看鸟群。上帝啊，到了晚上它们总是不断改变方向，不知它们作何感想。

托马斯指着头上的天空：

两只鸟不成群，伊蕾娜说，也许是一对。只是当时在群里。

托马斯把手放在伊蕾娜的后颈上：

别用"一对"这个词。看，它们多耀眼，就像飞扬的叶片。

伊蕾娜嚼了一小口，一边嚼着，一边感觉到托马斯的手指的温热，搭在她的皮肤上。伊蕾娜吃到了苹果核。

是像树叶，还是像纸片，她问。

她把苹果把捏在手里：

苹果吃完了，就消失了。

伊蕾娜笑了，把脖子从托马斯的手心移开。

托马斯扬起眉毛说：

现在你也要缩水了，先是你的胃，然后是你的脖子，接下来是你的脸。

伊蕾娜吃了一惊。她把手放在脸上说：

苹果还没开始消化。

她的声音不太确定。

在另一个国家，叶片被分别叫作两个不同的词。一个词是树叶，一个词是纸片。

那里的人必须自己决定，想表达的是哪一个

意思。

伊蕾娜看着她手上缩水的皮肤。托马斯盯着自己的手说：

是啊，那儿的人说另一种语言。为什么你总喜欢做对比。这毕竟不是你的母语。

你都说了好几次了。

伊蕾娜还想再说点什么。但她什么也没说，只把苹果把儿顺着窗户扔了出去。看着它在空中划过的轨迹。

接着，伊蕾娜赤身裸体地躺在托马斯身边。皮下涌着热浪。一只湿漉漉的红色安全套。脑子里的一切都被清空。

外面天已经黑了。窗子里透出斑斓的光。

伊蕾娜慢慢穿上衣服，想回忆起她是怎么脱光衣服的。她浑身散发着汗味儿和跑了一半味道的香水。她希望自己并不存在。托马斯把枕头倚到墙上。

我原以为你是同性恋。这点我是知道的。

有时候我也破破例。伊蕾娜，我必须在你缩水之前抓紧时间爱你。

伊蕾娜找另一只鞋。在写字台下面。伊蕾娜猫下身去才想起：是她把这只鞋甩下去的。她之前坐在写字台上来着。托马斯说：

你的脚趾很漂亮。

也许喜欢男人的男人才说这种话，伊蕾娜心想，喜欢女人的男人可不这么说话。

托马斯把被子拽到肩膀以上。

一切都在床上结束了，伊蕾娜想。

她看着贴在白色墙面上的托马斯的头发。

我们别聊这个了。或者在你想聊的时候再聊吧。

我们聊不聊天都不重要。不管是聊缩水的苹果还是鸟群，聊外交官还是站街的小男生。托马斯，那些都不关我们的事。确切地说，我们却总是想着事情跟我们有什么关联。本来我们所有的思考都是为了不必说出来。就算我们谈论天气的时候，我们也在想这跟我们有什么关系。我们中的一个总是这么想。另一个感觉到了。我受够了，托马斯，可是没别的办法。

这太可恶了，托马斯说。

伊蕾娜在黑暗中梳头发：

可恶，反倒不错。是可怕，而且千真万确。

天空比人行道更亮些。天空似乎是被照亮的。

我们不是双重身份的天使，托马斯，我们只不过

264

是在晨昏交界处。

枕头从墙边滑下来。托马斯下巴抵着膝盖说：

你现在想做什么，伊蕾娜。

伊蕾娜听见人行道上有脚步声。她朝窗边走去，只看见香烟。那根香烟太白了，以至于凭它自己的颜色就把人行道遮住了。停靠的汽车。看不到脚步。却听见脚步声。

外面，窗前，夜幕来了又走。于是伊蕾娜有种感觉：这是一个犯罪之夜，这是一座罪犯和侦探之城。里面是凶犯与受害者，是像她一样的人。

伊蕾娜拉上窗帘：

我们刚才叫出来了，托马斯说。

托马斯把伊蕾娜拉回到床上：

是啊，我们对着彼此喊叫。

缩水的苹果开始消化了。我好像被烧干了。

伊蕾娜穿上外套。

你发现没有，伊蕾娜，当我们不喜欢彼此时，我们是多么愿意叫对方的名字。我们害怕彼此。

伊蕾娜拿起她的手包：

这并没让我们比原来更好过些。现在，我要走了。

265

你多好啊，还可以回家。我却一直在家。

托马斯打开灯。把房间和自己亮出来，挡住了伊蕾娜。伊蕾娜把他推到一边：

我这么着急走，是为了避免对你发火。

红绿灯就像眼睛。一种冰冷的安全感爬上伊蕾娜的身体。好像她正走在铮亮发光的纸上，同一个物体，从一张明信片跑到另一张上。她想要思考的一切都从那里跑开。继而，整个思路就像脑中的街区地图。

斑斓的灯光里，飞驰的汽车间，有个男人在行走。他走在白色的斑马线上。斑马线把街道分成各个方向。他的外套在风中飞舞，拉链的锯齿被呈环形流动的汽车灯照亮。

庭院里那个四边形里亮着灯。没穿上衣的女人在说话，手在面前比画着。脚手架上投下一只桶的影子。接着，房顶后面，市政厅的钟敲响了。

天已经亮了四个小时。

洗澡水来势汹汹。水砸得皮肤生疼，好像有人在扔沙子。

伊蕾娜此刻光溜溜站在灯下，弓着腰，她惊讶于自己的肩膀竟没有掉到脚趾上。

前屋的楼板在呻吟。

厨房拼贴画上的男人，坐在空荡荡的天空底下。当伊蕾娜关上灯时，他还在看着伊蕾娜的脸。

第十三章

女人读完包装纸背面的说明。她把肥皂放进购物车。购物车里装满了瓶瓶罐罐。其中一款包装好似从另一款的颜色里剥离出来。

当喉结从咽喉提到嘴唇，当太阳穴在耳畔突突跳动，伊蕾娜把视线转开。

剪子和开瓶器旁边是毛线。大汤勺旁边挂着黑色头发编成的辫子。

伊蕾娜想象站在案子后面卖肉的人。梳一条黑色的发髻。发髻斜扣在头上。挺沉的。那发髻肯定是肉做的。

伊蕾娜经过卖面包的货架。广告词闪过：该说我愿意的时候，年轻的新娘沉默如牢，因为她刚嚼下一口派奇面包。伊蕾娜篡改了一下：年轻的新娘改成了白色的新娘。她在搜索另一个词来跟新娘这个词押韵：该说我愿意的时候，白色的新娘沉默如牢，因为她的激动无路可逃。接下来，伊蕾娜在商店里寻找一切白色的东西：厕纸，尿布，卫生护垫，药棉，卫生巾。切片面包：一个新娘，就像切片面包一样白，伊蕾娜随嘴自言自语。

一个男人推着购物车，有颗小水萝卜从车子栅栏缝里掉了出来。男人弯腰，把水萝卜装进了上衣口袋。

货架尽头，收银台发出咔嚓咔嚓的响声。

收银员的眼睛穿过伊蕾娜一直看到外面的街。她的手指上有一处新伤。往收款机敲打数字的时候，她仔细看了看自己的伤口。

伊蕾娜推着空空的购物车走过收银台。

谁要是什么都没买，那就是小偷，伊蕾娜很乐于看到。

这乐趣如此巨大，大到让人头晕目眩。这乐趣滚热，横亘在头脑之中。

购物车在出口处闪闪发光。一辆挨一辆排开。后一辆被推进前一辆的肚子里。轮子歪歪斜斜。

商店门前放着蔬菜。光线在橙子和花菜身上嬉戏逗趣。伊蕾娜觉得，生菜、柠檬和蘑菇等等一切在这道光线里融为一体，构成了花朵。

把水萝卜揣进上衣兜的男人朝另一个方向走去。

于是夏天处处成为隔在越变越短的思考之间的长长空当。

公园中央，人们躺在彩色毛巾上。他们赤身裸体，闭着眼睛。如果他们的胳膊、腿、或脸上的一道皱纹动了一下，那都是无心之举。

一个男人从众多彩色毛巾旁边经过。他看着躺在地上的人。看女人的时间要比看男人的长。看独自躺在毛巾上的女人时间最长。

他戴着一块手表，表盘是黑色的。那指针和数字在夜里会发光，伊蕾娜心想。

表的边缘镀了金。阳光下灼人眼目，一道光反射到伊蕾娜的额头上，好像一颗子弹。

树改变了方向。树冠下面错落躺着不同的人。**伊蕾娜从他们的头上走过。**

一只苍蝇的影子嗡嗡飞过伊蕾娜的胳膊。胳膊上并没有苍蝇。

公园后身是一个加油站。房顶上是：白天和夜晚。四壁是玻璃做的，广告，蒲公英黄，正午没有车，也没有人。

一个女人朝加油站走来。她穿过街，一个人经过禁行区。腰带的扣环闪闪发光。

这一天，天空大不过一只眼睛。

伊蕾娜坐在草地上。

她在写卡片：

　　弗兰茨，我正躺在阳光下的公园里。有个寡妇用条白绳子牵着一只乌龟散步。寡妇走进阴影里的时候，她的脸是疲惫的。当她走进阳光里的时候，那张脸是苍老的：她的脸非常平静。我见过这个牵乌龟的寡妇。在同样的公园，同样的树下。也许在另一个国家或另一座城市。也许在一部电影里。有可能她们都只是我的想象，直到现在还是想象。**我惊讶的是，她们竟然熬过了寒冬。**这个晚夏啊。阳光灿烂时，我只是愚蠢地等待，忘记了我还会行走。我很累，内心虚弱，无法一直闭着眼睛。我把长筒袜和鞋子都脱了：远远地看着自己的脚趾。我真不希望那是我的脚趾。

然后，伊蕾娜踮起脚尖，又弓下上身。

伊蕾娜穿上长筒袜和鞋。

她抄近路穿过公园。那是一条被灌木丛遮蔽的砾石小路。

伊蕾娜套上一个袋子。袋子沙沙作响，好像那双腿，那条路，是塑料做的，都很薄。鞋子本来也不够结实。

伊蕾娜发觉塑料袋的沙沙声，那是她走得更快了。

附近的长椅上坐着个男人。他把手做成喇叭状扣在嘴上喊：格奥尔格。他朝公园的各个方向喊。同一个名字，每喊一次都换一次声调。

男人看了看伊蕾娜的脸。他只露出了眼睛。他问：你没看见那个电工吗？

他说电工这个词的时候，好像那是一个负责全城供电事务的人。

伊蕾娜摇摇头。她只想在可以思考之前尽快远离那个长椅。这时男人已经沿着砾石小路穿过了草地。

伊蕾娜感觉到鞋里有粒小石子。她抓起袋子，一只手摸到了另一只手。

在主路外的小街上，她绕开栗树。她想象着有个街角，若避开栗树走，尚且看不到。

当伊蕾娜站在这个街角，伊蕾娜的前方又是一个街角。

从附近街角走过来的第一个人会是个男的，伊蕾娜心想。结果，第一个出现的是个女人。

伊蕾娜路过女人的时候故意碰到她的手。女人没察觉。

按下来伊蕾娜决定，要问问一百步之后遇到的第一个人：你看见那个电工了没有？

一百步之后，伊蕾娜却没法去问经过她身边的那个男人。

五次了，伊蕾娜都没法去问那第一个经过她身边的人。

接着，伊蕾娜走到一座桥附近，看着桥下锈迹斑斑的城轨铁路。一只鸟在啄一只裂开的破鞋子。

有个男人，他走得很慢，从桥的另一头朝伊蕾娜走来。

伊蕾娜等着他过来。他看着地。可能在听着自己的脚步声。

当男人经过伊蕾娜身边的时候，她看着他的耳朵说：

你没看见那个电工吗？

男人在两步之间站住了：没看见，不知道。

他不再说话，转过身去。

伊蕾娜用一只眼睛盯着他的后背，用另一只盯着铁轨。

当男人的后背到达第一片房子的时候，伊蕾娜不能确定，那个慢悠悠沿街走远的人，是不是她。

街道空落落的，斜斜的光线照亮了房了。

那只鸟飞走了。

树影像柏油路面上的巨大凹陷。那后面是铁路隧道。

隧道的后面呢，伊蕾娜自问。她想用刚才那个男人的话来回答，想给这句话一个明确回答：

说过了，没看见，不知道。

伊蕾娜打开前厅的灯。脱掉鞋子。在鞋里面发现一粒小石子。拿着它走进房间。走得很快。

伊蕾娜在等待，等着房间里的灯熄灭。因为她不知道格奥尔格是谁。

玻璃窗里反射出灯的形状。它挂在那儿，因为外面很黑，往庭院中央看过去，它又像一颗白球挂在一条绳子上。

伊蕾娜手里捏着小石子，不知道该把它放在哪儿。最后，让它掉进花盆的泥土里。

窗台上有根睫毛。伊蕾娜吹了一口气，睫毛贴在了木头上。

伊蕾娜把手指头弄湿，粘下那根睫毛。她知道那不是她的睫毛。又把它扔进花泥。

电视里在播放一个乐队的表演。音乐和光线交织在一起。伊蕾娜被排除在外。

她把双手放到桌上，用额头感觉手的存在。伊蕾娜还感觉到了别的什么：在某一瞬间，肯定是某个关键时刻，她把一切都错过了。

伊蕾娜不知道究竟是哪一个瞬间，也不知道该怎么去识别。就连自己究竟错过了什么，伊蕾娜都不知道。

她走过起居室，把灯全部关上。先是前厅的。然后是厨房的。接着是浴室的。最后是卧室的。

伊蕾娜躺在床上，感觉看见了自己的眼球在发光。

伊蕾娜想起那个发光的四边形：

一个小房间，一盏夜明灯，房间角落里有一张大床。床脚有个冰箱。夜灯开着。

一个男人赤裸着躺在床上。女人没穿上衣，站在床脚，把裤袜和内裤顺着一条腿脱下来。

她的手摸向脖子，解开一条沉沉的棕色项链。项链有三排扣。她把项链放到冰箱上面，动作不紧不慢，似乎整个人都专注于那条项链，好像她脱衣服只是为了摘掉项链。

她忽然看了一眼床，好像在为自己会心一笑。她摘下手链。手链上有三排棕色搭扣。她把手链挨着项链放在冰箱上。

她侧了两次头，从每个耳垂上分别摘下一只耳环。每只耳环有一个棕色搭扣。两只耳环也放在了冰箱上。

女人咯咯笑着打开了冰箱门。一盏灯，亮得如同夜灯，发出强光，照着她的腹部。

女人从冰箱里拿出一个空盘子。她把项链、手链和耳环都放到盘子上。再把盘子放回冰箱，然后关上冰箱门。男人就在此刻关上了夜灯。

黑暗中，女人在呻吟，男人在喘息。

接下来，冰箱里的灯亮了。与此同时，夜灯也亮了。

女人从冰箱里拿出小盘子。

她慢条斯理地，完全在自己身上忙活起来，戴上项链、手链和耳环，好像跟那个男人睡觉只是为了重新戴上这些首饰。首饰在晃动。棕色搭扣是葡萄园里活生生的蜗牛。

第十四章

你干吗去了，这么长时间，施特凡问道。因为他在等伊蕾娜。

伊蕾娜说：

我磨蹭来着。

伊蕾娜在说谎。

她化妆来着。但她不想告诉施特凡，不想说自己在镜子前面处理鼻翼上的黑头和双眼周围的鱼尾纹。

也不想说，当她匆忙涂眼影的时候，时间就磨蹭过去了。

而且，当睫毛刷在眼球中间的时候，有个念头阵阵袭向伊蕾娜：这张脸的后面总是藏着另一个人。

睫毛刷抹到了眼球上。

我的天，施特凡说，他们把这广场搞得难以置信。

施特凡从办公室出来时说：我狠狠地找茬。要是跟男人吵架，我会狠狠教训他一顿，施特凡说。要是跟女人吵，施特凡说：我们就在暗地里对掐。

在街上，施特凡总是突然地左顾右盼。他看到一个女人，说：漂亮！又看到一个男人，说：穷酸相。

有时候施特凡会说：这不可能。或者，我想不通；又或者，真是个彩蛋，是不是！

别人说话的时候，施特凡会插进来说：没问题！太好了。棒极了。绝妙！太棒了！或者在自己说话的时候加一句：也许吧。

我早上总是被电话铃吵醒，伊蕾娜说。这是雷打不动的，是命令。一直敲打着我的脑袋，直到我醒过来。我跌跌撞撞走到电话机旁。在命令式的铃声和电话那头安静的声音之间存在反差。我闭着眼睛听那头讲话，伊蕾娜说。真倒霉，施特凡说，当然倒霉。他还说，你太好说话了。谁都可以找你。你却不去找别人。你早晚会纳闷，这个世界是怎么了。

伊蕾娜找施特凡了吗，还是找弗兰茨了？她不知道。

看看你自己，施特凡说，你脸上总带着那种来自东部的笑容。

他吻了伊蕾娜的脸颊。伊蕾娜微笑道：

你觉察到了。

什么。

来自东部的笑容。

不，我只觉得你很悲伤。

施特凡讲到一个自动应答机。

如果电话那头有人，如果你死活也不想跟那个人讲话，那么你就别接。

他说的是死活。伊蕾娜看着他的脸说：

我会自卫的。不是用这种方式。跟死活没关系。

施特凡的目光并没有停留在这几句话上。他笑得有点尴尬。他的脸变小了，伊蕾娜看他的时间越长，他的脸就越小。他的颧骨在消磨。

肚子里不得消停，施特凡说。我出门在外时，总是很兴奋。眼之所见都让我浑身激动。

就是随团旅行的人，也时常很兴奋。公务员和秘书，像变了个人似的。你知道这种极度陶醉的状态。他们总是在笑，胃口大开，因为他们如此兴奋。他们胀气，打嗝，气味四散开去。他们的兴奋成群结伴而出，总是传给别人。

如果到上床睡觉时什么事情也没发生，施特凡说，他们就去宾馆找邻近的房间。夜里他们在过道里流窜。你知道这种流窜、跳跃的灯光下，半掩的窗帘，附近的车站亮着灯光。无论那些过道通向哪里，到处都是车站里发光的大圆钟，像月亮一样。它们的光透过窗帘。踩在地毯上时，人们听不见自己的脚步声，只听见远处向下走的电梯发出嗡嗡声，接待处守夜人在小声打电话。人们做什么都像在进行入室抢劫。

不是不允许，伊蕾娜说，只是良心不安而已。

施特凡摇摇头。

账单上写得清清楚楚，伊蕾娜说，是预算，都在数字里，即便是你没做过的事。工作人员等的就是这个。还有更多呢。我只认得宾馆里的长筒裤袜和内裤，伊蕾娜说。手上方有水。外面很黑，好像我从没见过这座城市。泡沫变得这么暗淡，于是我又看了一眼街道。我不想再看了。我只看见镜子，对我的脸并无防备。脸在牙刷旁边。下水口一阵咕噜声。然后衣架上的裤袜在滴水。衣架挂在柜门旁。一会儿的工夫，水落在地毯和柜子的边缘之间。接下来是内裤由湿变干，当我打算放下脑子里的一切想法去睡觉。接着到了半睡半醒间，我听见有动静。有时候是衣柜或者椅子在咯吱作响。空气里有脏被子的气味。我常常打开灯纳闷，为什么衣架上的裤袜把夜拉长了。

当我踏进这城市，施特凡说，马上就想你了。不是我打算好的。可就是会想你，不管我离开多久。我最好把行李箱放在一边，给你打个电话。然后我就站在大厅里，忽然什么也想不起来了。我必须保持沉默。默默站在那儿。

跟你一起就是不一样，施特凡说。我无法想象跟你在一起会怎样。我了解你。

是好奇心，伊蕾娜说。我也有好奇心。还有别的东西，不是在逼迫我。而是在警告我。

伊蕾娜习惯了施特凡那张苍白的脸。或者，不是脸太苍白。只是影子太暗。他脸颊下面的磨痕，并不是影子。

伊蕾娜有种印象，当施特凡沉默的时候，他那磨蚀的颧骨好像在对着耳朵说话。

真奇怪，伊蕾娜说，当你谈论女人的时候，我马上就成了许多个女人。我不认识她们。你讲得越多，我就越像她们。那是耗尽的爱情，在我身上重演。我将不再孤单，这警告我提防你。

施特凡透过他的玻璃杯看出去。啤酒沫盖住了他的眼眉。

施特凡歪着嘴。

我感觉得到你。你靠在桌子上，我感觉得到你，好像我就是桌子，他说。

伊蕾娜头枕在施特凡肩上，感受着脖颈上的骨骼。她突然把整个头的重量都放在他的肩膀上，如此突然，好像高速行驶中的急转弯。

伊蕾娜的嘴贴着他的上衣，说：

现在我靠着你，感觉着你，好比你就是这桌子。

施特凡抬起她的下巴说：

谁信你的话。看看你的脖子吧。

越发……，伊蕾娜说。她话说了一半，看向吧台。接着似乎另起了一句说：我越发觉得自己就像活在以后。我坐在这些人里，而他们似乎早已不在。也包括你。

施特凡吻了伊蕾娜的脖子，说：也包括你。

施特凡的杯子空了。泡沫在杯子边缘留下一圈痕迹。施特凡举起酒杯，斜着。柠檬切片在摇晃。

他吻着伊蕾娜的指尖，看着上方的墙角。他的眼珠转来转去，似乎在追踪一个旋转的物体。

想象一下，所有人都已经走了，伊蕾娜说。一个男人独自坐在一个空荡荡的酒吧里，骗取一个吻。

施特凡瞥了她一眼。他眼里的红色踏进了伊蕾娜的眼睛。

在哪儿？施特凡问道。

伊蕾娜指指他的椅子。

有一天夜里，我想那是三月，伊蕾娜说，你打来电话。你当时在一家小旅馆，毫无缘由地说，我是唯一一个你还没有骗过的女人。

我记着呢，施特凡说，当时我想去找你。可能有一个小时，或者一瞬间。现在我也不知道了。当时我就不太知道。

这天夜里，伊蕾娜从床上掉了下来。

不是因为做梦。

而是因为另一个国家，在那里，伊蕾娜的床倚着房间的长墙。在这儿，伊蕾娜的床靠的那面墙比较短。

床的长边在另一个国家是长度，在这里成了宽度。

由于伊蕾娜睡觉的时候把宽度当成了长度，所以才掉到地板上。

伊蕾娜吓了一跳。她打开了灯。

她光脚站在镜子前面。镜子里，她的脸还没缓过神来，脸色发黄。

伊蕾娜为什么笑，为什么当她早上跟人讲述这些的时候，会笑出来。

第十五章

办公室看上去像一个接待室。办公桌后面还有一扇门。

伊蕾娜不知道究竟是因为那扇门还是因为那表情，办公桌后面的女人看上去像个女服务员。

伊蕾娜把证明材料放在桌子边缘，女人读着公证过的证件翻译。

常青藤缠绕着门框。小爪紧箍在门框上。

原件，她说。

女服务员把一个办公夹子塞在嘴唇之间：

德国国籍，还得等。

她换了个顺序排列证明材料。出生证明被一再往后面排。

要等多长时间，伊蕾娜问。

嘴唇之间的办公夹动了动：您问了也没用。您总归得等。

爬着常青藤的那扇门后面，传来电话铃响，总共响了六次。不响了。伊蕾娜不知道是不是上司接了电话，还是打电话的人放弃了呼叫。

会通知您的，女服务员说。

伊蕾娜手放在了门把手上。

女服务员胳膊肘旁边的电话响了。

女服务员拿起听筒。

她好像在说一种发自身体内部的语言，伊蕾娜听着就像胃和内脏在发声。

车站位于墙的另一边，在另一个国度[1]。

光秃秃的条纹警戒带上，什么也不长，甚至寸草不生。在那里，望远镜等于眼镜。

伊蕾娜想，政府的运作时间都太长，长到让一个人根本等不到结果。

边境线上的人在阳光灿烂的午后骑车出门，行进在瞭望塔和铁丝网之间。

伊蕾娜说出了翻墙者那个词。

桦树林环绕着丁香花。

当伊蕾娜用手摸脸的时候，贴在皮肤上的是一只陌生的手。还有内脏，伊蕾娜几乎看见了自己的内

---

1 指东柏林。

脏，就像在肚子里揣了一个密封的大口玻璃瓶，心脏和舌头如同深度冻僵的水果。

鲜花，伊蕾娜心想着，现在我要给自己买鲜花。

那个裹在黑衣里面的老妇走进花店时，吓了一跳。她才把第一只脚踏上门槛，进门钟就响了。

只要惊恐还停留在她脸上，她的脸就像在受苦。

脸很快抽紧了。先是眼睛，接着是下巴。

来一个安葬骨灰用的花顶，女人说。

就连脖子上的血管都不突突跳动了。

来哪种花。售货员问。

百合花对我来说太重。有时候，没几朵就感觉多到不行。

黑衣女人扬了扬眉毛说：必须得有规定。

鲜花，伊蕾娜说。

我希望将来可以亲手扎自己的花圈，售货员说。

黑衣女人把墓地地址念给她。

墓葬办公室总是冷冷清清。橱窗里摆着植物。棵棵绿油油。有人在悄悄照料它们。后面是舞台背景：大理石台阶和大理石柱子。当中还有棺材。棺材上有探井盖上那种厚厚的铁环。

迄今为止，伊蕾娜在她居住的这座城市里还没见过葬礼。有时候，她觉得能从高速路上认出运死者的汽车：长长的白色运输车，上面没有文字。车开得很慢。也有的是深色的小车，跟其他车辆没什么分别。只是轮子，它们的轮子发出嗡嗡声，在身后甩下一道光。

公车站贴着殉葬办的广告牌。提供将逝者送归故土的服务。

土葬，火葬，海葬，空葬，任意选择。

当伊蕾娜看见城市上空的飞机在空中洒下白色尾迹，却没留下任何声音，她知道，那是飞机在执行一场空中葬礼。

街上的人都没留意到：没有人抬头看，没有人对这位逝者行注目礼。

当飞机的尾迹消失在视线之外，伊蕾娜寻思着：逝者现在落到了哪个国家呢。

在诺伦多夫广场，弗兰茨把这个国家叫作祖国。**由于被城市拒绝**，所以逝者才需要国家。

在国外，弗兰茨说，他必须时不时站在祖国这一边。

在这里，在这个广场上，他努力想找出最细微的差别，与祖国所意味的东西划清界限。

一个国度。还有弗兰茨和他肋骨所占据的范围。

太阳穴的血管已经冷静下来。

有个问题伊蕾娜真不该问：

你把你的祖国放在哪里，如果它突然不合你的意。

弗兰茨在街上找不到停车位。他硬掰着方向盘，嘴里咒骂着这座城市。

他一边咒骂伊蕾娜居住的这座城市，一边看着伊蕾娜。

伊蕾娜第一次发现，她喜欢这条街，喜欢这一天。明天她也同样喜欢。

一座城市和一个男人，伊蕾娜心想。

弗兰茨给车子熄了火。音乐也停了。伊蕾娜心里想，你不能留在这儿，嘴上却说：

这里不能停车。

伊蕾娜下了车，看见许多停着的汽车的车顶，不再去想停车位的事。因为人行道是空的，如此之空，以至于伊蕾娜都感觉到了风吹过双腿。还感觉到灌木丛的窸窣声滑过她的双手。

弗兰茨关上车门。

伊蕾娜再一次看见，弗兰茨有太多一成不变的姿势，就像老年人身上的老动作，顽固不化，永不会变。那些姿势已然僵硬，把他变成了老人。

弗兰茨比伊蕾娜小十岁。**不过他外露的冲动如此**

289

精确，逾越了他所做的一切。

那些姿势如同被扔出来一般。在这么快的瞬间，以魔鬼般的精准溜出来，细节在眼前活灵活现。姿势停在那里，因为它们一直很完整。每个姿势都独一无二。就是它们，把弗兰茨变得比伊蕾娜还要老。

姿势已经定型，伊蕾娜心里说，她确定，他此时是二十五岁，正当年。

弗兰茨到支路上寻找停车位。

伊蕾娜打开杂物箱。

最好的年华，伊蕾娜想。

在一块抹布和一个手套之间，放着一个卫生巾。不是伊蕾娜的。

她关上杂物箱。

我会缩短他的生命，伊蕾娜心想，如果我再这么想，如果我把他放在人生的正中间。

是我妹妹的，不是你想的那样，弗兰茨说。

在他的一个个姿势之间、在方向盘和哗啦啦响的钥匙之间，她能有什么想法。

行了，她说，我信。

伊蕾娜觉得弗兰茨的目光好似一根刺扎在脸上。

要是你能看见自己现在的样子就好了，弗兰茨说。

伊蕾娜说话间走过了庭院、楼梯间和房间：

　　我曾经，在我还没来到这儿的时候，在另一
个国家里，我常常设想你和我之间有距离。那成
了许多段距离。每天都不一样。可所有距离都没
错。即便在我落地之后，仍有距离，因为当时在
机场的是施特凡。直到几个星期之后，当我看到
你的脸，那些距离全都不对了。我一个人出发，
想要两个人到达。一切都颠倒了。实际上，我是
两个人出发，一个人到达。我经常给你写卡片。
卡片写得满满，而我却是空的。曾经威胁我们的
偶然事件，不存在了。

弗兰茨把几双鞋放进箱子，上面放了一件衬衫，
再上面是一件上衣。

弗兰茨的离开就像一次缩水。似乎他渴望的正是
毁掉他的东西。

在到达、拆包、打包、出发之间，几乎没有片刻空闲。

伊蕾娜写了一张卡片：

　　弗兰茨，当我把自己跟你联系到一起，一切

都成了虚构。我大可以把我的生活建立在一个完全虚构的支柱之上。然而所有这些故事，人们怎么能清楚记住。

伊蕾娜上一次去马尔堡带回了弗兰茨的另一张照片。照片上，他目光散漫，似乎同时在看所有街道。他的姿态并不显得老。而是很假。

弗兰茨在伊蕾娜上路前又想把车停在火车站和出租车站点之间的砾石路上。可惜他不走运。

弗兰茨开走以后，伊蕾娜走进城市。她进了一家商店。

试衣间的灯光比店面里的亮。男人把帘子掀了个缝：

阿戴勒，这条裙子是深蓝的。

售货员说是黑色的。女人照着镜子。

你信她吧。当我是瞎子。

女人把手伸到裙子下面，看着手背上托起的面料，说：

你从昨晚开始就想跟我吵架。

吵架。我连杀了你的心都有。男人说。

在这场隔在帘子与地板之间的争吵当中，伊蕾娜看见女人穿上了靴子。

第十六章

昨天我在商店里看见你了，伊蕾娜说，我看见了十年后的今天，你的样子。

托马斯动动嘴巴说：

昨天看见十年后的今天？

昨天看见十年后的昨天。今天看见十年后的今天。明天看见十年后的明天。如果我们说的是十年，那么差一两天不算什么。

他是什么样子。

伊蕾娜看着托马斯的脸，好像在检查皮肤。

托马斯的喉结动了一下。

脸盘有点宽，伊蕾娜说。没有皱纹，就是说在该有皱纹的地方没有皱纹。喉结更硬了，吞咽得更快。手还是你现在的手。指甲根有些嵌进肉里。比你现在嵌得深一些。

你还喜欢我吗？

我不知道，伊蕾娜说，现在说的不是你。也不是他。现在说的是你们之间的相似性。

托马斯看着他的指甲根：

我不想跟谁相似。

他像你。

他比我老，你说我像他。

我不认识他。

当我还是个小孩的时候，我母亲曾经有一个女伴。她也有个儿子，比我大。不过我比同龄的孩子个头高。我们看起来年纪相同。许多年以来，我们的穿着必须一模一样：一样的鞋，裤子，衬衫，帽子。星期天穿一样的袜子。上街的时候我们必须手拉着手。我们必须看起来像双胞胎一样。只有这样才能让那两个好朋友心满意足。我们必须一起上学，一起放学回家。我们两个从来就不是朋友。后来我疏远他。我恨他。我觉得就是因为他，后来我才会爱上一个女人好多年。

托马斯让硬币掉进一个鸭舌帽里，没有弯下身。

他们厌倦了这个世界，托马斯说，他们的人生没有计划。

伊蕾娜只是看着走动中的鞋。

你能想象吗，托马斯说，你能想象活着，却没有计划吗？

每个地方都有一个住在地平线上的人。他属于城市。他失去了无知无觉。他不紧不慢。

那不是同情。那是轻微的恶心。还有恐惧。一想到有一天自己也像那些人一样住在地平线上、属于城市，伊蕾娜就感到无法靠近。

伊蕾娜目光冰冷。她看见托马斯的目光里也驻足着同样的冰冷。就连他也是冷冷地思考，忧伤地说话。

在地铁里，伊蕾娜试图锁定一个小孩的目光。

托马斯在撕车票。是这趟车的票。托马斯不是漫不经心地撕。他在思考自己正在做的事。他在搞破坏，把小纸块毁成无法再撕的碎片。

伊蕾娜心想，当他感到我把他看穿的时候，他没说错。我看穿他，是为了自卫。

托马斯把手搭在伊蕾娜的膝上。手很温暖。伊蕾娜配合地动了动脚，让手在膝盖上好好待着。

我认识许多没有计划的人，托马斯说。一开头有个男人，我本想帮助他。我把他带回家。后来他发觉我是同性恋，一切都被误会了。

没有缘由么？伊蕾娜问。

我想跟他睡觉。大半夜里，他逃走了。我问过他的。我没有强迫他。托马斯把撕碎的车票撒了一地：

我没法消除不幸。我只能拆分不幸，托马斯说。

在另一个国家，伊蕾娜说，我明白是什么东西把人弄垮。原因显而易见。每天都能看得到原因，真让人难受。一辆汽车停在伊蕾娜身边，靠得很近，几乎没出声，好像要停在她的裙摆上。托马斯拉过伊蕾娜的手说：

走吧，绿灯了。

而在这里，伊蕾娜说，我知道也有原因。可我看不见。每天都看不到原因，也令人难受。

看着我，托马斯站在一个橱窗前面说。

伊蕾娜没有看他的脸，而是将目光掠过他的头。

当你看我的时候，你就看到原因了。原因和结果。

我什么也没看见。

一辆邮车停下来。一个男人在邮筒下面勒紧包裹袋。

他把装满信件的包裹装上邮车，推上车门。伊蕾娜靠在托马斯的胳膊上。他的喉结突突跳起来。托马斯笑了。汽车嚯地开动了。

你的鞋之前站过的地方，现在站着第五只鞋，伊蕾娜说。

托马斯抬起脚。他看着鞋跟说：

这是原因之一。

他用指尖掸掸脚跟。

我不相信我看到的东西，伊蕾娜说。

伊蕾娜指着一束花。这束花僵硬而苍白。

你说过，我应该给你看看城里的紫罗兰。还有紫色的花。

售货员微笑道：

这是翠雀花[1]，也有紫色的。

他指着另一束花。

紫色的我见过，伊蕾娜说，白的倒没有。

请拿白色的，托马斯说。不要包装纸。

他把花举到伊蕾娜的颔下。

听见了吧，这是翠雀花。

你说不相信你看到的东西。

伊蕾娜闻了闻花，说：

没有气味。

---

[1] 产于欧洲南部的一种观赏花，亦可入药。又名鸽子花，飞燕草。

托马斯注视着一个年轻的男人，接着是尾随这个男人的一条狗，或者他总是通过男人身后的狗转而看男人。

伊蕾娜把花束朝下拿着。翠雀花的刺碰到了人行道。

托马斯把伊蕾娜的头靠在自己的大衣上。

托马斯低头的时候，伊蕾娜用拇指和食指攥住了一绺头发。伊蕾娜把头发拉到嘴边，张开嘴。

嘴唇之间，从一个嘴角到另一个嘴角，她发现托马斯的头发越发稀少。直到完全消失。

我认得东方的国王们，伊蕾娜说，我很害怕。你也害怕，你不认识他们。

有时候，托马斯说，当你说话、打手势的时候，我就认识他们了。

也许当我在这里说东方国王的时候，他们已经成了西方的国王。

伊蕾娜把指尖放在嘴上。

托马斯有节奏地晃着膝盖：有区别吗？

伊蕾娜的指尖散发出翠雀花的气味。

也许吧，伊蕾娜说，因为我们的愿望总是不一样。

我的和你的？托马斯问。

不，是我的和我的。我们自己的愿望：当我们窒息的时候，我们特别想被淹死；当我们冻僵的时候，我们又特别想出汗。

托马斯抬起眼睛说：

有时候人们大概以为我们没有理智。我们也不需要理智。为了活着，我们只需要感性的力量。你知道人们是在哪里发觉的？在起风的大街，在露天的站台，在一座又一座路桥。人们在那里如此恬不知耻而又轻率妄为，不知天高地厚。

有时候，伊蕾娜说，我看见路过我身边的人过得都挺好。他们没有目标，只有感性的步伐推着他们走过大街。脚步会彼此传染。风吹过我的脸。我觉得所有树上的叶子好像都在我的大腿间呼啸。我越来越没把握。天知道万一我也过得好了，我会变成什么样子。

托马斯说，当我有钱并且单身的时候，自我感觉最好。然后我就可以不用想自己的事情上街。我感觉不到自己。我可以毫无缘由地大笑。我试穿衬衫、鞋、围巾，直到筋疲力尽，没法再往自己身上穿。也没法再看镜子里的自己。有时候，我把自己混淆成别的人，混淆成那些走在另一个方向上的人。

试累了我就穿着衬衫去收款台。总是衬衫，总是在鞋和围巾之间出这么个岔子。我原想买双鞋，结果却为衬衫付了钱。

当我眼珠骨碌碌看着货架上的灰尘，那样子十分阴险。衣服上到处都挂着线头。白衣服上的黑线头，绿衣服上的红线头。还有开线的纽扣。

我试了一件衬衫，只是为了把那个开线的纽扣拽下来。我把纽扣藏在旁边一件衬衫的口袋里。要么让它掉进一个旅行包。或者一只鞋里。

我选了很久的衬衫，直到发觉累了。领子不能打皱。扣子不能开线。上面不能有线头。

走在街上，购物袋沙沙作响。我步履轻快：我觉得就快等不及了，我要回家，一个人站在镜子前面：走进房间，打开灯。我把身上的衣服扯下来，眼看着它们落到地上。穿衬衫的时候，我在发抖。我盯着镜子里自己的脸。接下来，我的眼里只有衬衫。

衬衫是我房间里唯一有价值的东西。在房间里的所有东西当中，它脱颖而出。

看着我的脸，我好像第一次看见自己：我有一张脸，我很愿意变成它的主人。我喜欢我自己。我抚摩我的生殖器，洗澡，对着自己呻吟，就像一个男人对另一个男人呻吟。我亲吻身上所有能自己亲吻到的地方。我像一个陌生人一样跟自己做爱。

必须让这件衬衫过上一夜。我故意把它这样挂到椅背上，以便我能从床上看到它，并且每次一开灯就能看见。说不定我忽然醒过来，只为看看这件衬衫。

可惜当我把一件新衬衫放在房间里时，我从来没醒过。买东西让我浑身疲惫，睡得很香。早上，一切都结束了。这件衬衫跟其他衬衫毫无二致了，就像房子里所有东西一样：它再也没有价值了。它再也不出类拔萃了。

我穿上衬衫。穿好之后，先照照镜子。我有一张脸，我不想成为它的主人。

我觉得自己好像在前一个白天借用了某个人，夜里睡觉时又把他还了回去，托马斯说。

你多久会有这么一次，伊蕾娜问。

去问社会救济管理局吧，托马斯说，一个月一次。

一个月一次，够了，伊蕾娜说。

现在，你怎么看我，托马斯问。

如果我让你觉得很恶心，那么就看着我。

第十七章

　　检票员打开车厢门。两个男人当中，年轻的那一个主动从衣服兜里拿出自己的车票和证件。

　　检票员给三个女人和年老的男人验票。

　　年轻的盯着自己的证件照看了好长时间。看他父母的名字、他的出生地和出生日期。

　　检票员伸手去拿年轻人的票。后者还没来得及看到最后一个字。当检票员从他的手里抽走车票时，他愣了一下。

　　证件掉到地上。男人的目光有点慌，好像看了证件才第一次意识到，自己已经活了这么久。

　　当检票员再次关上车厢门，男人越来越不安，好似他刚才正在讲话，刚开始跟那个上了岁数的男人聊天，却被打断了。他聊得如此投入，整个身体都参与到谈话内容中来，聊得上气不接下气。他呛了一口，眼泪顺着脸颊流下来。他既没有等着被赞同，也没有等着被反对。

他说出了他父母的名字，好像证件上的东西强迫他把自己的一生都讲出来。

到了一个小站，所有人都下了车。

伊蕾娜拿不准还要不要去马尔堡。她从手提包里拿出车票。城市的名字并没有给她一粒定心丸。那不是旅行的目的地。

旅行的意义就像冰冷的指尖，它位于身体停止生长的地方。伊蕾娜感受不到身体。旅行的意义总是跟劳顿相关。也跟弗兰茨有关。

车窗后面是一马平川。伊蕾娜看出平原在高处。那里的农田遮不住松柏林，松柏林也截不住农田。

刚刚经过的村庄停踞在雾霭里。街上没有人。

村子边界的屋顶上站着个男人。他爬进烟囱。

运动场离村子很远。离树林很近，以至于走路的时候都闻得到木头的气味。

空空的操场，车灯的光线洒在草地上。

火车停下以后，伊蕾娜看了一眼站台上的钟。表盘上面写着：帕拉德广场。

一个女人上了车。

当火车再次开动，伊蕾娜看见女人坐在背靠车头方向的座位上。对面座位上没有人。这时候伊蕾娜想，这个女人大概会换座吧。伊蕾娜等着她换座位。

由于女人并没有换座，伊蕾娜继续看着她：她的膝盖，她放在大腿上的手。她的裙子，她的上衣。她的耳垂，她的下巴。

当伊蕾娜的目光抵达脸部的时候，女人已经睡着了。她的呼吸比伊蕾娜的缓慢，起伏很规律。

伊蕾娜有点恼火，这个女人的呼吸居然能这么缓慢而又这么规则。她居然对伊蕾娜的窥视不闻不问。她居然不想更正伊蕾娜的眼之所见。

当伊蕾娜下车的时候，她知道那个女人还要坐很久的车。从她的坐姿和她的睡态上，伊蕾娜看出她是在背对整个世界。

伊雷娜眼之所见的一切，都面临那个问题，她能否在这座城市生活。

伊蕾娜想象出一座无人的城市，感受山水的近在咫尺。这种亲近是冰凉的。这种亲近算不上逃亡。这是一种不必涉足的亲近。

不只是马尔堡，还包括其他城市，伊蕾娜去得越频繁，它们就变得越陌生。都是与她亲密的人，居住在那些城市里面。

伊蕾娜有种感觉，通过看这些城市，通过她亲密的人，她反而远离了城市。她努力不去流露自己的陌生感。

然而，伊蕾娜亲密的人并不给她机会让她看到，城市与他们是多么亲密。

他们十分清楚，在什么地方该干什么事。

他们迫不及待地购物，迅速点一杯咖啡。一边走路一边擦过橱窗、墙面和栅栏。在公园里，他们扯下第一丛灌木上的叶子。他们甚至把叶子放进嘴里。过桥的时候，他们把石头踢到水里。广场上，他们坐在第一张椅子上。他们不用左顾右盼，马上就开始滔滔不绝。

在人头攒动的大马路上，他们能够灵活地避开路人。伊蕾娜总是跟在他们身后一步之外。

接着，伊蕾娜看见那些与她亲近的人，把他们生活的城市扛在背上。

在这些时刻里，伊蕾娜知道她是为了观察而生。观察让她变得丧失了行动力。

当伊蕾娜不得不行动的时候，却什么也做不了。行动还保持在开端。而那些开端已经分崩离析。就连每个姿势动作都不复完整。

伊蕾娜就这样，不是生活在事物里面，而是生活在它们的结果之中。

她跟弗兰茨或其他人走过的路，如今要一个人再走一次。

为此，她需要借口和托词。

有时候她甚至不得不撒谎。

在大马路上，人可以一眼望到很远。汽车在树丛间穿行很久，像被喷射出去似的。紫苑花长在街道两旁。它们沙沙作响，花朵很重，散发出水和盐的味道。

每当伊蕾娜走过树枝，形单影只，她都会想：这座城市的人非得有个花瓶不可，要么就得有座坟墓。

伊蕾娜并没有对跟她亲近的人说过这些话。她只说在大马路上人可以一眼望到很远，汽车在树丛间穿行很久，还有紫苑花。

每次她一开口说话，同她亲近的人身体里就会发生一些触动。

街道，汽车，树木，鲜花，她要说的并不是这些。只是它们彼此间的关联。

他们如此不带感情地安顿下来，以至于这种关联令他们感到痛苦。关联，像一个带刺的东西钻进他们的身体。他们无能为力，令伊蕾娜恨不得消失在那些她刚才说过的东西后面。

如果第一天就已经发生，如果接下来的几天伊蕾娜还留在这里，那么所有的日子都只不过是告别。

广场上有座纪念碑。的十司机在看报。伊蕾娜上了车。又下了车：

不，她不想见弗兰茨。

赤裸的女人站在水里。水的周围有长椅。阳光从一个方向洒下来。喷泉喷出的水，就这样一半在阳光下，一半在阴影里。

广场上没人动弹一下。阳光下，椅子上坐着几个男人。他们在喷泉的石沿儿上磨面包。

男人们彼此都不说话。他们并不看对方，只是做着相同的动作：在石头沿儿上磨几个小时的面包。

花了这么长时间磨面包，真是折磨人。因为上面的纪念碑上落着一些灰色的鸟。它们不过手指头那么大。它们正焦躁地打着哆嗦。

当太阳从高楼后面升起，水面整个暗下来。

男人们擦去椅子上的面包渣。他们站起身，抖抖衣裳。走了。他们一个接一个地离开，好像后面的人在给前一个留出时间，让他消失。

当最后一个人离开以后，广场如此安静，好像从没有人来过。好像面包是从石头缝里长出来的。

接着，鸟儿成群飞来。它们啄食，在水面小啜。它们飞走。落到纪念碑上。四下观望。再飞回来。

伊蕾娜认出了其中一只。它已经吃了三回。它的大腿上有一处脱了毛。那处皮肤跟羽毛一样是灰色的。那大腿并不比一只蟋蟀的腿粗多少。

光线减弱，暗沉。

鸟群轻盈如故。几分钟里，它们的胃口就比它们的个头大出去好多。

水花飞溅。

伊蕾娜觉得自己外表是老的，内心却还没长大。

铺路石歪歪斜斜。伊蕾娜走在上面，好像那是一个石头堆，一个拔地而起接着轰然倒塌的石头堆。

她喜欢说服自己相信那些根本不存在的东西。至于那些没法消失的东西，她说服自己不信。

弗兰茨也是这些东西中的一个。是啊，他也属于这些东西。因为人与人可以打交道。而伊蕾娜却没法同弗兰茨打交道。

有一瞬间，伊蕾娜让弗兰茨消失了。

然而接下来，她又不得不再次让弗兰茨出现在思绪边缘，徒然在他的名字上打转，那又是没长大的表现。

伊蕾娜把责任推给了另一个国家，推给了大海，路基，沙子和石头拼成的马尔堡路标。内心愿望的过度膨胀与外在事物的贫乏干涸，彼此交织在一起。这里不允许发生的事情，跟在另一个国家里的一模一样。

包括伊蕾娜和弗兰茨，以及这个松绑的夏天。

伊蕾娜觉得自己做了好多年的傻瓜：被苛求，被欺骗。

等待，弗兰茨上次来看她的时候说，你怎么理解这个词。

我知道你早晚会来。于是我一直在等。

你还想要更多。显然，弗兰茨说，你想要更多。你想有欲望，因为你原来就有。现在，你在此处。我在彼处，在这个房间里。你的欲望一如既往，好像你不在此处我也不在彼处。

你有孩子般的欲望，弗兰茨说，你的愿望并不知道它们意味着什么。

伊蕾娜狠下心。跟弗兰茨在一起的时候，她没法离开他。

309

她好像在剪一块布料，好像正在她的皮肤上缝一件衣服。伊蕾娜十分清楚，当她跟弗兰茨在一起的时候，什么会发生。什么不会发生。

皮肤与皮肤之间的小接触没完没了。

伊蕾娜被什么东西迷住了。是一个齿轮。一台复杂的传动机器。

每次买明信片的时候，伊蕾娜脑海都会浮现弗兰茨的脸。

有些卡片没法令人联想到弗兰茨的脸，或者把已经出现的脸挤到一旁。这样的卡片，伊蕾娜不会买。

伊蕾娜在卡片背面写字时，一切都是自动写上去的。

挑选卡片成了移交给伊蕾娜的任务。从弗兰茨那里移交。

这座城市的某些地方被弗兰茨占据了。伊蕾娜在这些地方想起弗兰茨。当她再次走进这些地方，她忽然想到，在这里会想弗兰茨。就连曾经想到的事情，也会突然浮现。

所以，伊蕾娜不能在这些地方写卡片，除非写同样的内容。而伊蕾娜不想把给弗兰茨写过的东西重新写一遍。

被弗兰茨占据的地方在头脑中混乱一团，结果没有空间去想别的事。

伊蕾娜在城市里行走时不得不避开这些地方，一直躲避，直到下一个季节来临。

接着，这些地方又成了异地。或者不再眼熟。它们跟伊蕾娜的思考保持着距离。新的偶然事件又冒出来。弗兰茨把这些地方再次清空。

这些地方被占据，又被清空。一占一清，把伊蕾娜和弗兰茨联在一起，继而又把他们拆散。这就是伊蕾娜和城市之间的关联。

然而，这很耗人心力，这种关联，在城市与脑壳之间如此散漫，伊蕾娜不得不对它进行虚构。

原本被弗兰茨占据的地方，如今被伪装的、突然冒出的事件填满。

弯路，伊蕾娜心想，弗兰茨在走弯路，目的是再次露面，再次消失。

伊蕾娜给弗兰茨写卡片的时候，再也看不到他的脸，这令她感到痛苦。对伊蕾娜来说，这是最难以承受的遥远。

就连弗兰茨居住的城市，也在城市自己的马路上越漂越远。晚上，它落在了庭院。要么就是接骨木，由于光线的缘故把叶子牵引到树枝上，像把耳朵凑过去一样。

马尔堡如此遥远，远得只剩下一个名字。在地图上，它只是一个比法兰克福小一号的名字。这座城市就跟伊蕾娜的指甲盖一边大。

伊蕾娜用指尖盖住字母，为的是留住它们。

远离马尔堡的路径有许许多多，伊蕾娜的脑子里却没有那么多条路。

马尔堡还会顺着伊蕾娜的指尖远去。还会顺着伊蕾娜的鞋远去，在她走路的时候。

每一天，伊蕾娜都能让弗兰茨所生活的这座城市渐行渐远。因为伊蕾娜只会朝一个方向走。而弗兰茨生活的城市在朝另一个方向远去。

马尔堡在所有街道上寻找那个最外缘的点，从而远去。

当伊蕾娜在记忆中搜罗到弗兰茨生活的那座城市，她正躺在黄色的树叶下面，叶子都长着红色的长柄。

电视里，伊蕾娜看到一架正在降落的飞机。飞机晚点落地，播音员说。

伊蕾娜并没有在屏幕上看见晚点。

只可能是降雪，播音员说，导致飞机晚点。

莫斯科已经白雪皑皑。

飞机上下来的男人，既是飞行员也是国宾。

天空一半晴朗一半阴暗。军乐齐奏。

当飞行员兼国宾踏在雪地上，他的黑色西装比伊蕾娜在所有场合见过的都要肥大。

也许因为天空，也许因为雪色太白、西装太黑，伊蕾娜说：

每一次降落都是对一座城市的侵袭。

当国宾行礼致敬的时候，伊蕾娜大声说出了这句话。

第十八章

　　老头在伊蕾娜的房间里趿拉着脚步。他用颤巍巍的手指把身后的门关上。伊蕾娜看见嵌进他指甲根的污渍。

　　他的头发灰白而干硬，就像那些头发没掉光的老年人。因为头发里面只剩下这些死气沉沉的颜色在蔓延，头发反而显得浓密了。头发的生长以脸的衰败为代价。它一直长到了肩膀。

　　洗澡间里，水沿着跟肤色相同的裤袜流进浴缸。涨了起来。泡沫涌上边缘。

　　老头看看浴缸，说：

　　像水尸。

　　伊蕾娜擦干手上的水，说：

　　你从哪儿来？

　　诺伦多夫广场[1]。

1　柏林地铁 3 号线东端。

314

你的帽子呢？

在地铁里。

往哪儿开的。

克鲁姆兰科[1]。

去那儿干吗。谁帮它换车。

谁说不是呢。它去那儿干吗。

那明天呢，明天你干什么。

明天就知道了。

你不拿帽子，没人会给你钱的。

也许帽子还会回来。

老头看着厨房墙上的拼贴画。他指着敞开的门，从铺路石那儿一直通向看不见的远方：

这条街我很熟悉。熟悉到每块石头。每片扬起的尘土。就算在没风的日子，这里也会起风。铺路石从大门一直通向外面。从你的照片上看，它通向门里面。你的照片方向反了。

谁送你来的。

托马斯。你的照片是空的，伊蕾娜。不只是空，简直就是一副死相。你的意思是，因为你总是坐在

1　柏林地铁 3 号线西端。

那儿，却不在画面上。

假如我在上面，我就跟照片一样了。

老头看了看厨房桌，说：

有一次你给了我十马克。我没等钱掉进帽子。钱是我夺来的，你眼睁睁看着。从那以后我就记住你了。起风了。

那是一年以前的事。

是半年前。从那以后，你再没给过我东西。为什么你再不给我钱了。

我躲着你。我总会想起你。我知道，那不是钱的问题。

伊蕾娜把目光转向那幅拼贴画，踮起脚尖指着照片说：

你看见站在水里的那些小偷了。他们戴着跟你一样的鸭舌帽。他们逃离了城市。

托马斯说，如果看不到欺骗，他们就是孤独的。你看，他们活在照片上，他们没有死。

他们很年轻。如果他们像我这么老，情况就不同了。

如果他们经历过这些的话。

伊蕾娜很想用小偷的手来算算她在这个国家里度

过了多少个月。要是用他们那瘦骨嶙峋的、肆无忌惮的、经常被硬器所伤的手指大胆计算。那么，就会有虚假的数字，就看见了欺骗。

相比自己那双放在厨房桌子上的手，伊蕾娜更愿意观察这些无助的人的手指。

老头搭腔道：

别忘了水尸，它们会游到我们跟前。看，我穿了一件柏林的大衣。你看这些扣子。

老头穿着一件风衣，上面有三个巨大的扣子。

你以为你的帽子还能回来。要不要我给你一顶。

老头微笑道：

我不收物，只收钱。

伊蕾娜从果盘里拿了一颗苹果。她抽出一张纸币，把苹果又放了回去。

你把钱藏起来了。怕谁看到啊。

怕我自己。我觉得我会忘了的。我想攒钱。伊蕾娜把纸币放在厨房桌上，男人的手边。

老头伸出食指，晃了晃，好像一个人在摇头：

我只收街上的钱。

风衣的纽扣有银边儿。位置很靠上，扣子深嵌在里面。扣子的颜色比伊蕾娜的咖啡杯还要深。

今晚你可以睡这儿，伊蕾娜说。

电话铃响第二声的时候，伊蕾娜站到了电话机旁。等到铃响四声以后，她才拿起话筒。

你好啊，施特凡说，我又回米了。在拉姆安拉[1]的时候，我总是想起你，想你说过的话，说，如果一切都在监视之下，那么连空气都有眼睛。

你被盯梢了？伊蕾娜问道。

是监视。我带着我的文件，士兵带着他们的武器。彼此彼此，却又不大一样。那些人都不敢跟我说话。

私下里呢。

偶尔吧。假如我不是一头金发，可能交流会更频繁些。

何况还染过。

还有脸，眼睛，施特凡说。

伊蕾娜看着庭院里寂静的脚手架。

我带了些东西过来。我们可以来比较一下，施特凡说。

一个橡胶子弹。

1　以色列城市，位于约旦河西北。

铁皮更厚了，橡胶变薄了。真是个彩蛋，你等着瞧吧。

你要给我看子弹，却说什么彩蛋。

你太吹毛求疵了，每个字你都当真。何必那么咬文嚼字。托马斯最近怎么样？

他一边问一边打开柜门照镜子。你想见见他吗？

不想。

他也这么说。然后他就问起了你。也是在我的诱导下。

你又不是乞丐，要么你也是被逼无奈。别犯傻了。就这么回事嘛，施特凡说：一个住在海边的女人认识了一个大学生。这个大学生有个妹妹。多年以前，她是一个社会学家的女朋友，两人有时见见面。有一天她打电话来，以哥哥的名义把社会学家派到了机场。她说：海边的女人来了。

老头挥挥手。

房门自己锁上了。

就这样，社会学家认识了海边的女人。施特凡笑道：

事情就这样发生了，这个社会学家认识一个书商，此人在晚夏时节刚刚跟一个演员分手。大学生和海边的女人聚少离多。书商很孤单。海边的女人很陌生。社会学家经常出差。事情的进展是，书商在社会学家之前捷足先登。

伊蕾娜没有说话。

我说的丝毫没错。还是你常常心不在焉，施特凡问。

在你故意使坏、心情沮丧或者谈论女人的时候，你那种说话的方式，让我不必开口。

现在我要去理发了，旅行把我弄得不成样子。

常听人这么说。

今晚你就见到我了。

别忘了橡胶子弹。

我想见你，到时你来比较一下，施特凡说。

钱还放在厨房桌上，乞丐拿走了三个青苹果。

施特凡大声念着菜单：

章鱼。

章鱼是什么东西。伊蕾娜问。

一种动物。

我又没说是睡莲[1]。

一种生活在海里的动物。

不要海里来的。

鳟鱼，施特凡说。

不要。

是山间小溪里的。

我知道。我又没说是蜻蜓。

味道不错。

有一阵子。

今晚。

许多年。都过去了。

鳟鱼怎么惹着你了？

是另一个国家。

那跟鱼有什么关系？

倒不必有关系，伊蕾娜说，而是因为你吃鱼的时候想起了我。

这正是我想要的。

你不明白，伊蕾娜说。

伊蕾娜的手和盘子之间放着一颗橡胶子弹。

1　德语中的章鱼 Seeteufel 和睡莲 Seerose 构词相近，两个词的字面意思分别是海中魔鬼与湖中玫瑰。

吃块面包吧，就着面包吃鱼你就觉得香了，施特凡说。

面包吃太多的女人会生出孩子，伊蕾娜说。

为什么你就没法跟孩子相处呢？施特凡问道。

伊蕾娜想都没想就说：他们令我毛骨悚然，因为他们还在长大。

说完了这句话，伊蕾娜才纳闷，施特凡是怎么知道她没法跟孩子相处的。直到说完这句，伊蕾娜才发觉，她是多么不想让人知道这点。

施特凡笑了，但没笑出声。

从施特凡的眼睛里爬出一条红色血管，一直延伸到鼻根。

他们玩耍的时候我会害怕，伊蕾娜说。

小酒馆里灯光幽暗，烟雾盘旋在灯罩下面。

每个人都表现得很喜欢小孩，伊蕾娜说。

施特凡把杯子举到嘴边，说：

你也曾是个孩子。不过当别人看着你时，就不敢这么以为了。

伊蕾娜隔着玻璃窗看出去。从街上涌进各种噪音，滴滴答答的声音，钻孔的声音，驱动的声音。

我曾是个孩子，伊蕾娜说。不美也不乖。我被人

322

爱过。我不得不玩耍、成长。我不必改变自己。

我想外面下雨了，施特凡说。

或者有人在扔沙子，伊蕾娜说，天黑了。我曾因为爱而挨打。

伊蕾娜知道她对孩子的恐惧与日俱增。从她来到这里的那天起，与日俱增。

孩子很少一个人上街。

他们三五成群，前推后拥。他们凑在一起的时候，就把自行车顶在头上。如果有陌生人朝他们走来，他们就哐啷啷走过信筒，或者用干树枝抽打墙面和街道。

那些声响让人难受。伊蕾娜感觉，就像自行车、信筒和枯枝在抱怨。

伊蕾娜避开孩子。她穿过禁行区的街道，只是为了不碰上他们。

孩子们看出了伊蕾娜怕他们。他们跟在她身后跑。伊蕾娜总是听不懂他们在嚷些什么。可声调却高得压人。这点伊蕾娜听得出来。

某个星期天的下午，街道空得像一座教堂。孩子们在一个大门入口处玩耍。伊蕾娜躲不开了，觉得自己踏入了一个禁行区。孩子们像哑剧人物一样在玩耍。

伊蕾娜脚步匆忙。她感到自己双颊发热。

婊子，一个小男孩说。两个小姑娘举起她们的布娃娃开怀大笑。

伊蕾娜站住了。她看见娃娃裙子下面的丝质短裤。

婊子总比法西斯强，伊蕾娜惊慌地说。

小男孩不到五岁的样子。他重复着那个词：法西斯。

这个夜晚，伊蕾娜靠在靠枕上，大脑和嘴巴之间负载着彼此各不相识的人。伊蕾娜关注过的那个工人，弗兰茨，托马斯和施特凡，都坐在一家鱼餐馆的桌边。

四壁挂着黑框照片。相框很多，每个相框里又有很多张图片。都是海洋动物，黑白色调，拥挤不堪，像是被锯齿状的树枝和羽毛状的钳子扯开的。

伊蕾娜走进鱼餐馆的时候，弗兰茨说，一眼看过去会发现，有些是死的，有些是活的。

室内有紫罗兰和鱼的味道。

伊蕾娜坐在桌边的时候，发现坐下的是一个长得跟自己很像的女人。她有着同样的容貌，不过整体上看，这张脸有一种特殊的表情。那是另一个伊蕾娜。她声音深沉。她吃着金枪鱼沙拉。

我小时候，另一个伊蕾娜用她深沉的声音说，常听说爱情是红色，忠诚是蓝色，嫉妒是黄色。那时候我是理解这个世界的。

希望是绿的，工人说。

希望是漫山遍野的绿色，弗兰茨说。这话是谁说的。

他看着伊蕾娜。

我不知道。

我说的。

工人笑了。

沙拉里的叶子被醋泡软了。

是什么阻止你继续理解这个世界呢。施特凡问道。

另一个伊蕾娜摸了摸工人的肚子说：

岁月，除了岁月还能有什么。

工人吻着她的手说：

女士，没有肚子的男人是残废。

伊蕾娜坐在托马斯和弗兰茨之间。她在喝苹果汁。对我来说，旅行总是意味着冻僵，她说。天哪，这夏天的冰霜！我还没离开车站就发现，沥青正流过我的脚趾。所有鞋子都落上了干巴巴的玫瑰花。女人光秃秃的胳肢窝，是整个城市的集散地。我知道，那只是想象，只是瞎说。

你们看呀，施特凡喊道，这个调酒师，这个机灵的小个子是巴勒斯坦人。

工人在吻另一个伊蕾娜的嘴唇，用湿乎乎的嘴说：

当爷爷迎娶奶奶的时候，还没人知道小姐和女士这类词。

工人看着伊雷娜说：

以及那些穿着游泳裤从阳光下走进教室的男人。必须得管管他们。

是啊，一切都只是瞎说，施特凡对伊蕾娜说。你为什么要相信。都是编造的，你却信！

是啊，伊蕾娜微笑道，要是没有一个人被爱，要是城市都这么疯狂，那么我倒乐意用一次犯罪来开始我的人生。

伊蕾娜看看托马斯，然后是弗兰茨。一个人长着另一个的脸。

我要去点一份草莓米饭，弗兰茨用托马斯的

嘴说。

另一个伊蕾娜离开椅子站起来说：

我觉得很热。我看不了那些图片上的海洋动物。

那是紫罗兰，施特凡说，我都快让紫罗兰给弄醉了。

另一个伊蕾娜的声音越发低沉：

行吧，要是大家再想不起什么要说的，我就走了。咱们明天可以打电话。明天谁叫我起床：铃响的时候我从来不接。不过我睡觉的时候总是很好奇。我控制不了自己。如果我知道是谁打的，很可能会接的。

工人看看伊蕾娜。又看看另一个伊蕾娜说：

你们俩到底谁是替身？

托马斯或弗兰茨送伊蕾娜回家。伊蕾娜望着月亮，它正藏在一棵树后面。接着又看看树影。正好挂在房门上。在月亮和树影之间吻过伊蕾娜的那张脸，是蓝色的。甚至长时间的舌吻过后，伊蕾娜也不知道，她吻的究竟是托马斯还是弗兰茨。

二者中的一个说：

接吻的时候不准看月亮，不准看树，也不准看影子。你的眼里应该只有我。

那样很容易累，伊蕾娜说。你们两个不能离开我。

二者中的一个说：

不离开你。若非离开不可，那也是离开为一个伊蕾娜。

第十九章

信箱里掉出来两封信。其中一封，伊蕾娜认出了灰色的粗纸信封，没仔细看就拿在手里。

伊蕾娜想着达娜，在楼梯间拆开了第二封信。伊蕾娜一边上楼一边读着：信头是民事局。下面写着：她已获得德国国籍。她得一周内到304房间领取国籍证明。

伊蕾娜并不怎么高兴。她继续读，好像这个消息跟她本人无关。最后一段里，"宴会"和"欢迎致辞"两个词之间有什么联系，伊蕾娜搞不明白。

胃吊在喉咙和膝盖之间。为了稳住胃，她坐在了厨房桌边。她没有感觉到椅子的存在，看看周围，看自己是不是已经坐到了椅子上。她打开了达娜的信。

鼓手上吊了，达娜写道。

椅背压在了后背上。

鼓手跟伊蕾娜本人年纪差不多。

伊蕾娜弓着身子向前，把下巴放在桌子上。纯粹是在等死，鼓手曾经对伊蕾娜这么说过。他先是指着自己，后又指着另外两个伊蕾娜不认识的男人。他微笑着，并没有跟她介绍那两个人，似乎根本没必要。

他时常问起你，达娜写道。可当我跟他讲到你，他又不专心听。我很难过，达娜写道。

她有什么好难过的。因为他上吊，还是因为他没有专心听。伊蕾娜不知道。

伊蕾娜知道那个时刻总会来到，届时活人和死人被等分。不过，那都是后来的事，那个时刻以后才会来，伊蕾娜从前是这么想的。当你自己没多少时日可活，那个时刻就到了。

有很多朋友，他们跟伊蕾娜年龄相仿，已经死去。自从他们死后，彼此越来越像。一种处在边缘的相似。而且是在同一个边缘。

自从这些朋友死后，就连活着的人里的那些陌生人，也跟他们越来越像。那些是伊蕾娜所生活的这座城市里的陌生人，也是其他城市里的陌生人。伊蕾娜害怕的恰恰是活着的人。他们再次带着死者与她擦身而过。对此他们却浑然不知。他们也不知道伊蕾娜的目光为什么会一直盯着他们看，肆无忌惮地看。

没什么好奇怪的，达娜写道。他已经做好准备为微不足道的事而死。最近他总是一脸醉相，随时都会一头跄倒在地。

那个只能看到背影的男人，是拼贴画上的主人公。

伊蕾娜把达娜的信折成了半张明信片的大小，没再装回信封，直接塞进手包。

伊蕾娜发觉，即便她还只是站在房门口，却已经位于城市中央。

一个女人头戴一支鲜艳的玫瑰。

三天以来，伊蕾娜在街上到处看见缺了食指的人，缺的不是右手就是左手。今天起，也就是第三天，伊蕾娜觉得自己的两根食指也岌岌可危。她尽量不用这两根手指。

接触门、接电话、拿餐具、吸烟、拿钥匙的时候，伊蕾娜都用大拇指和中指。食指须远离那些被碰来碰去的东西。那些东西也并不怀念伊蕾娜的食指。食指变样了。看那架势，好像伊蕾娜的食指成了多余。几天以后，伊蕾娜的食指开始碍事。它们

不仅派不上用场。跟其他手指相比，它们简直变得
又丑又老。

这时伊蕾娜产生了一个愿望，她的食指是想消
失了。

伊蕾娜看着护城河边的一处地方，那是她遇见扎
马斯的地方。

攀援植物的花朵像面粉一样泗溢。水面反着跟从
前一样的光。腐烂的木桩之间生出一张脸。

伊蕾娜不想看这张脸：另一个国家里那位独裁者
的妻子跟罗莎·卢森堡长得很像。那是遭到诅咒后
的罗莎·卢森堡之脸。独裁者的妻子早已带着这张
脸走进残年。她是一个女独裁者。

晚上，她走在独裁者身边穿过别墅。她在众多房
间里寻找一个可以安然入睡的地方。仆人们抬着柔
软的天鹅绒床，走过一扇又一扇门。

别墅里测量着夜的长度。更夫和守夜犬改换方
向，当淋着雨的树叶发出反光。

贫穷在故土沉睡。

一只鸟在树枝上簌簌作响。红色的野蔷薇果在灌
木丛间生长。伊蕾娜在车站上走来走去。

两个女人坐在椅子上。

我从没染过什么病，其中一个说，我的衣物都是经过煮沸消毒的。

阿尔伯特肯定以为我出什么事了，另一个女人说。

巴士开得很慢。所有车辆尽管超过去。巴士里面都是些稚嫩的面孔。车一停，那些面孔就跟着晃动一下。

一个男人在亲吻一个比自己小很多的姑娘。

街道汇成了一束，巴士勉强从一座座房子旁边开过去。臆想出的贯穿每个角落的寂静，正驻足于屋檐之上。没什么可以打破这寂静，无论是风，还是发动机。就连那些稚嫩的晃来晃去的面孔也不行。那些面孔沉默不语。那不是臆想出的沉默。

在屋檐上臆想出的寂静面前，行进中巴士里的沉默显得可笑。

人行道上人头攒动，一同攒动的还有包和鞋。

这时，午后的天空中赫然跳出一个时刻。商店该关门了。

行人迅速地离开大街，仿佛谁若比关门时间慢了一步就要被街道吞没。

店门都关着。门下面的柏油路上蔓延着一条条水

333

流。售货员从拐角无声走过。

接着，人行道上空空如也。阳光眨着眼睛。水流没有蔓延多远。

一个男人从小街上走来。他胳膊下面夹着卷成卷儿的毛巾。他问伊蕾娜哪里有公共浴室。他是外国人。说话的音调不太自信，好像不小心旅行到了一座无人居住的城市。

伊蕾娜看看毛巾，又看看他脚上的沙滩鞋。她还没张开嘴，他就已经走远了。

他站过的地方有一个橱窗。镶嵌着血钻的金饰品，在阳光下的小格子里闪烁。

伊蕾娜觉得，肯定会有碎片，会打碎家具和玻璃，因为街道正顺着这道光线爬上屋顶。

伊蕾娜在红灯时过街。从车前跑过时差点撞上。她喘着粗气，既感到危在旦夕，又感觉救了自己一命。

非死非生，伊蕾娜心想。几乎可以算喜事。某些日子，伊蕾娜离开房间，好像是在预备一场不测。

走过庭院的时候，她已经知道，她要到外面的街上跟红灯来场游戏。

伊蕾娜知道，一种惰性正露出端倪。它既昏昏欲睡，又保持警惕。

伊蕾娜看着自己的身体，这个身体做好了准备，要活很久：这时伊蕾娜想把自己逼进一个困境，一个快活不下去的境地。

她把自己吓了一跳，因为她总是往最坏处想，应付不来哪怕是最小的突发事件。

嘿，亲爱的伊蕾娜，每天早上起床我都确定我要犯错。如果我没这个把握，我宁可躺着不起来，看着被子干等着。如果早晨是一场对话，一只甜橙，或者一张报纸，我还是可以利用一下早晨的。接着我走进城市。在最漂亮的房子里，有人被捕了。我没法为这些漂亮房子的存在而感到高兴。德国的寡妇都长着棱角分明的脸和一头蓬乱的头发，好像雪和钢。

墙边地洞里住着小野兔。小野兔比武器更让我害怕。它们是死人的变体。它们有着跟土地一样的棕色。只有当它们奔跑起来，你才看得见。它们的眼睛比肚子还要大。自从我住到这里，细节比整体更大。我对此无所谓。只有那些不想表现出这点的事物，才有所谓。

当伊蕾娜想把弗兰茨的地址写到卡片上时，她的手忽然软得没了力气。

她写下了托马斯的地址。

当伊蕾娜穿过庭院时，她一直关注的那个工人并没有站在脚手架上。他站在墙边，草地里。伊蕾娜看着他的脸。像一块带着小黑点的梨皮。还是熟透了的梨。他的眼睛是绿色的。或者，那是两片接骨木叶子，下面是脸颊，旁边是太阳穴。一阵躁动不安从眼睛里溜出来，又撤回去。

混凝土搅拌机在运转。

你一个人住，工人说。

为什么这么说。

你总站在窗边。来去都是一个人。

你不也是一个人来，伊蕾娜说。

我是来上班的啊。

你从来不站在窗口。

可能也会站一会儿，如果我想通通风的话。

他指指上面的脚手架说：

他们打赌你马上就会站在窗口。他们每天都打赌。

然后呢。

然后你每天都站在窗口啊。就跟被召唤似的站在那儿，在他们打赌的时候。

你们在观察我，伊蕾娜说。

你也在观察我们。

你们的活可真不少。

站在窗口一看便知。

工人伸手去掏上衣口袋。他打开了红色收音机。

砂轮机转动起来。

工人的衣兜里飘出交响乐。

有一回，来了个拿旅行袋的男人。

他很快就上路了，伊蕾娜说。

我知道，工人说。

在十四时零八分。

早上，浴室里有一根羽毛。浅灰色的，很轻。

之前肯定是被翅膀处的深色羽毛盖住了，伊蕾娜心想。

她从牙膏管里挤出牙膏。把牙刷放在洗手池边上。

伊蕾娜拿起羽毛。看看浴缸底下。一根阴毛顺着水流盘旋。一根头发粘在了缸壁上。浴缸里的阴毛和头发。拇指食指间的羽毛。

伊蕾娜用羽毛扫过脖颈。羽毛很柔软。伊蕾娜忽然想起一个词：鸽子杀手。

她把"鸽子杀手"四个字写在一张卡片上，把卡片和羽毛装进一个信封。信封上写的是她自己的地址。

当伊蕾娜从信筒那儿回来后，去洗澡。牙刷上的牙膏和水池边的牙刷令她心神不宁。

下午，伊蕾娜从城里回来，房间里有一根羽毛，在花瓶旁边。

这根羽毛比浴室里那根颜色更深，更硬。伊蕾娜把它放在了写字台上。

晚上，楼梯间的看门人说：

您应该，出门的时候把窗子关上。

上床睡觉前，伊蕾娜把羽毛放进了衣柜里，放在衣服之间。

电话铃响五声之后，伊蕾娜看着手里的听筒，好像从很远处看。

伊蕾娜觉得她被施特凡的声音揪住了。这个声音问道：

你干什么呢？

那声音比伊蕾娜自己嘴里发出的还要近。

什么也没干。你为什么总是晚上来找我？

白天你在讲话，要么就不接电话，要么就接起来又挂了。

所有男人都非得是同性恋吗？施特凡问。

伊蕾娜咽了一口唾沫说：

这话谁说的。

没谁说过。是你让我想到了这些。

为什么。你胡说呢。

施特凡压低了声音说：

这次可不是。托马斯对你很满意。还是在一颗缩水的苹果之后。

伊蕾娜听见自己的呼吸。拨号盘上的数字哗哗作响。

你冻僵了吗？施特凡问道。

伊蕾娜挂上电话。她的目光如此坚硬，硬到把自己的脸都弄疼了。那目光沿着电话线看到地板，一直到电话线钻进墙里。

灯罩的影子落在桌子上。门把手闪闪发亮。钥匙的影子落在门上。

钟在嘀嗒地走着。早已过了午夜。这时候，伊蕾娜已经分辨不出表盘和拨号盘。二者都是靶子。伊蕾娜能想到的只是一根鸽子毛：浅灰色的，在额头后面微微拱起。

伊蕾娜看见庭院里亮灯的窗子。脱了上衣的女人没有说话，只是坐在那儿看着。

伊蕾娜的目光与亮灯的窗子交汇之处，是冷漠和固执。此外，还有一种紧绷的寂静。

为了躲开这些，伊蕾娜走到柜子旁边，用钥匙把柜门锁上。

困到想要睡，就像上了瘾。

还想要乘车远离。从车厢向窗外望去，看外面雾霭中的景色，在深深浅浅的绿色条纹里渐行渐远，消失不见。还有人走进车厢。他们吃东西，睡觉。他们不放弃自己的任何东西。他们在大站下车，犹豫不决地站在那儿，在噪音里站好一会儿。他们犹疑不定，穿过等待的人们，走进城市。

他们如此犹疑不定，乃至消失了许久，你还不知道他们为什么要穿着皱巴巴的衣服站在风中。你可以猜测或预见，他们胳膊下面夹着包，在停车场里迷失方向。他们走过橱窗，却不朝里面瞧上一眼。他们就像搁浅在陌生水岸边的人，坐在潮湿的椅子上。坐在纪念碑下面的台阶上，凭空发呆。

这些人不再知道，现在他们是不是穿着挤脚鞋子的城市旅行者，抑或是拎着手提行李的城市居民。

伊蕾娜不愿去想离别。

译后记

1．赫塔·米勒与流亡写作

赫塔·米勒 1953 年生于罗马尼亚特米什地区的巴纳特－施瓦本小村尼茨基多夫，中学毕业后，在特美思瓦（Temeswar）大学学习日耳曼文学和罗马尼亚文学。她的写作生涯始于 20 世纪 60 年代，当时的作品主题以追求自由为主。到了 70 年代，她为抗议国家机器针对反对派的措施而写作。也是在这个阶段，米勒跟其他罗马尼亚作家开始自由发展，向西方文学看齐。米勒最初是诗人，她的诗歌侧重主体感知，充满现实批判意味。这一特点在她后来的散文和小说中也非常突出。进入 80 年代，米勒推出一系列叙事作品，如《施瓦本浴场》（1981）和《低地》（1976 年完成，后遭禁，最终于 1982 年出版）。在小说处女作《低地》中，米勒以孩童视角回忆了巴纳特的童年时光。暴力与死亡这一后来反复出现的主题，此时已初现端倪：通过描写乡村里的残暴、无情，撕下田园牧歌生活的外表。米勒对家乡并没有情感依托[1]，这一点从处女作到她后来的多部作品中都有明确表现。

1980年之前，米勒在一家工厂做翻译，由于拒绝与国家安全局合作而被解雇。后来，她在小学和幼儿园当老师，局势恶化到被禁止写作。1984年起，米勒获准出境到德国，但那时候她还没有决定定居国外。从1985年开始，官方再度禁止她发表作品。1986年，罗马尼亚局势大变，她才决定彻底离开。1987年，米勒来到联邦德国，柏林是她的第一站，也是她在德国定居最久的城市。从此，她开始写作生涯的第二个阶段，即流亡到西方。"人必须清楚，他总是处在流亡当中，而这种流亡就是世界所拥有的现实。于是，从迫害中产生一种属于流亡自身的力量，流亡者的人格优势也随着迫害和危险的增加而与日俱增。"[2]汉娜·阿伦特在五十年前对黑暗时代流亡者的表述，至今仍十分贴切，因为黑

---

1 参见 Carmen Wagner: *Sprache und Identität. Literaturwissenschaftliche und fach-didaktische Aspekte der Prosa von Herta Müller.* Oldenburg 2002，第 233 页。

2 参见 Hannah Arendt: *Menschen in finsteren Zeiten,* München 1989，第38—39页。

暗时代从不会一劳永逸地退出历史。离开故国的米勒，从未脱离历史语境。到德国后不久，她便发表了《二月赤脚》（1987）、《独腿旅行者》（1989）、《镜中恶魔》（1991）、《狐狸那时已是猎人》（1992）、《心兽》（1994）、《饥饿与丝绸》（1995）、《今天我不愿面对自己》（1997）等作品，大都以回忆、批判曾经的罗马尼亚独裁时期为主旨，在德国收到不错反响。2009年，赫塔·米勒的小说《呼吸秋千》仍然以战后初期的东欧历史为背景。

从语言和民族特征上看，米勒自认为是巴纳特德意志少数民族。她的母语是少数民族的德语，她只用德语写作。米勒在罗马尼亚的家乡从1718年起便归奥地利所辖，那里的德语没有受到人口迁徙及全球化的"污染"，那里的人"只讲干净的德语，用最简练的语言表达思想"。[1] 在她之前，德语文学圈的主流是来自德奥瑞的作家，流亡作家作为一个特殊时期的特定群体似乎已成历史。然而，历史的车轮一再证明，流亡写作在20世纪的德国乃至欧洲都历久弥新。与二战期间流亡作家相比，米勒最大的特

1　卡特琳·舒尔茨：《关于赫塔·米勒》，载于《痕迹》（Spuren），1988年，第25期，第48页。

殊性在于，她是一个母语为德语、却又流亡到德国的作家。流亡之前，她的家乡出于政治原因无法成为真正意义的故乡，而是备受压迫的少数民族聚居地；离开罗马尼亚之后，尽管回到语言的故乡，但除语言之外的一切都是陌生孤立、"近不可及"的。空间的改变只是从一种流亡状态跳进另一种更深重的流亡。新的生存空间不但无法给予流亡者在故土失去的东西，反而使固有的身份裂痕更加不可弥合。她的少数派身份似乎是深入骨髓的宿命，时空变换只是进一步予以印证。所以，她笔下的流亡也最为彻底。

与政治环境相比，家庭背景对米勒创作风格的影响更为直接。二战期间，父亲曾经参与纳粹党卫军；战争结束，母亲作为德国少数民族被带到苏联服劳役，被迫替纳粹赎罪。直到罗马尼亚发生政变之前的四十多年里，这段历史都是公开的禁忌话题。童年时代，母亲通过比喻来传达毁灭意象[1]，影响了米勒的语言风格；成年之后，不断累积的生存威胁和回忆禁忌为米勒提供了写作动力。无论在什么地方、

1　提阿·多恩：《"风比雪更冷"——对话赫塔·米勒》，载于 *Cicero*，2009 年第 11 期，第 127 页。

何种政治制度下，她的生活环境都危机四伏。缺少关爱的家庭环境，隐姓埋名的生活，导致孤独、怀疑、流亡成了她笔下人物的基本状态。米勒擅长细致的观察、细腻的感知和深刻的譬喻，因为她更愿意做 个时代的见证者。她曾说："人们可以把关于黑暗时代的书当作见证者来阅读。我的书也总是迫不得已地触及黑暗时代，触及被独裁肢解的生活，触及那些向外屈服、内心自足的德意志少数民族的日常生活，触及他们在潜回德国后的踪影皆无。对许多人来说，我的书就这样成了见证者。写作的时候我却并不觉得自己是证人。我从沉默中学会了写作。"[1]

文学研究领域对米勒的重视始于20世纪80年代，研究集中在挑衅性的语言和丰富的想象力，暴力和死亡意象，以及永恒的流亡状态，或将其作品与保尔·策兰等流亡作家相对比。诺贝尔文学奖的评委，也将米勒视作当代流亡写作的领军人物。早在1984年，米勒就被赞为年代德国新主体主义的文学接班

1 赫塔·米勒：《我们沉默时会不自在，我们开口时会很可笑——文学能作证么？》，载于《文本与批评》，2002年总第155期，第6页。

人。[1] 从 1987 年到 2009 年，米勒平均每年收获一个文学奖项，辐射范围从德国到整个欧洲。由于米勒获得 2009 年诺贝尔文学奖，2010 年的霍夫曼－封－法勒斯累本文学奖甚至提前两个月颁发给了她。

2. 双重流浪的旅行者

《独腿旅行者》是米勒定居德国后的第一部小说。故事随 20 世纪 80 年代末移民西德的年轻女性伊蕾娜的视角展开，构建出一个观察者和被观察者的世界。在伊蕾娜孤独沉闷的现实生活里，那些单纯被观察的人成了行走的冰冷雕像，而与她建立亲密关系的人——伊蕾娜的男友弗兰茨、弗兰茨妹妹的前男友施特凡及其朋友托马斯——则跟她一样，全部带有边缘人的特征：迷茫，被动，散漫，寡欢，敏感。这些人物对存在和身份产生困惑，成为城市里居有定所却漫无目的的流浪者。正是这些流浪的本地人，在外来者与原住民之间的隔阂之上，将流亡的含义推升到生存层面，使这部小说不再盘亘于米勒的其

1　转引自 Petra Günter: *Kein Trost, nirgends. Zum Werk Herta Müllers.* In: Baustelle Gegenwartsliteratur. Die neunziger Jahre. Herausgegeben von Andreas Erb. Opladen/Wiesbaden 1998，第 154 页。

他政治批判色彩浓烈的回忆体系，而自成一道风景。

小说没有连贯的情节，尽是伊蕾娜从独裁统治下的"另一个国家"移民到西德后的生活片段。离境前不久，伊蕾娜偶遇从德国来旅行的大学生弗兰茨，两人短暂相爱之后匆匆离别。伊蕾娜其实正在预备离开她迄今一直生活着的"另一个国家"。不久，她如愿来到西柏林，而弗兰茨在马尔堡上大学，两人聚少离多，若即若离。弗兰茨妹妹的前男友施特凡，受托到机场接伊蕾娜，从而成为她在柏林认识的第一个人。通过施特凡，伊蕾娜又结识书商托马斯，一个住在柏林墙脚下的双性恋。施特凡是个经常出差的社会学者，托马斯有恋物癖，而弗兰茨远在马尔堡。于是大部分时间里，伊蕾娜是一个孤独的移民，城市的观察和聆听者。街道、灯影、邻居的房间、地铁乘客、外籍工人乃至所有城市中的人、动物和植物都是她的记录对象。尽管与弗兰茨的地理距离近了，两人在心理和情感层面却并没有更近。邮筒，电话，机场，车站，这些就是他们沟通的见证。最终，"伊蕾娜拿不准还要不要去马尔堡。她从手提包里拿出车票。城市的名字并没有给她一粒定心丸。那不是旅行的目的地。"小说接近尾声，她终于等到了正式的身份证明，一张德国的居留签证，而与弗兰茨的关系却不了了之。

伊蕾娜在陌生的德国同时经历政治与爱情的双重流浪。小说开头，黄昏的海滩、寻欢而归的士兵、村庄上空的雷达伞、禁止村民入内的旅馆，无一不提醒读者，"另一个国家"处在人为和自然的双重限制下，气氛压抑不安。伊蕾娜在家乡海滩上遇到一个在树丛里自慰的半裸男人。那个人对她"无所求"，"只要看着你"。男人隔空的要求令伊蕾娜感到窒息和空虚，但她又习惯性地服从了。此后她每天准时来到原地，参加男人的自慰仪式。隐秘的性指令和服从关系，隐喻了秘密的政治压迫及其后果。伊蕾娜期待看清楚男人的脸和真实身份。她没有在日光下找到陌生男人，却遇到比自己年轻十岁的德国大学生弗兰茨。在抵达德国机场时，独裁者的面容现于某个屏幕上，此时伊蕾娜才说出她离开的真正原因：独裁者的驱逐。

从独裁的国家来到柏林墙边，地理和政治空间发生了根本转换，而流亡者的心理层面却与过去保持着惊人的相似。小说着重体现的，恰恰是没有发生改变甚至变本加厉的那部分，即无所不在的陌生感，

"一个人在新的家乡所经历的陌生状态"。[1] 在这个新的家乡，伊蕾娜不禁时常想起或谈及"另一个国家"，它频繁出现在伊蕾娜的回忆和对比中：这里有伪造的账单，没有伪造的简历，那里却只有伪造的简历；她把从那里偷来的牌子拌在这里的床头墙上；来自那里的明信片，上面写着这里的人看不懂的暗语。刚刚来到德国，伊蕾娜就被情报局带去讯问、指证人脸。从前的生活对伊蕾娜的影响并未随迁居而减少。离开那个备受监管的家乡，离开独裁者的势力范围，她开始了政治流亡；在遇到弗兰茨以后，旅行的目的开始跟爱情和亲密有关。遗憾的是，弗兰茨并没有为伊蕾娜打开通往新世界的门。伊蕾娜对机场里陌生男人的性幻想，亦是出于对弗兰茨的失望。[2] 她写给弗兰茨的卡片，用剪报想象拼贴的故事，都是另一种形式的自言自语。最终她不得不承认，"我一个人出发，想要两个人到达。一切都颠倒了。实际上，我是两个人出发，一个人到达。我

1　转引自 *Carmen Wagne*, 第 51 页。

2　参 见 Bernhard Doppler: *Die Heimat ist das Exil. Eine Entwicklungsgestalt ohne Entwicklung. Zu "Reisende auf einem Bein"* . In: Norbert Otto Eke (Hg.): Die erfundene Wahrnehmung. Annäherung an Herta Müller. Paderhorn 1991. S. 95-106，第 104 页。

经常给你写卡片。卡片写得满满，而我却是空的。"
（291）。当人身自由不再受缚，当沟通成为单向度的
想象和表达，伊蕾娜的爱情也走失在西方陌生的世
界。伊蕾娜同托马斯和施特凡也有过亲密的接触，
但这些交往同样没有让她摆脱孤独，而只是在孤独
世界里遇到两个同样孤独、身份模糊的人。

　　身份性本来形容一个个体区别于他人的本质性的
特征，也指个体自身的连续性。小说里每个人物都
构成一个身份迷失的案例，比如伊蕾娜的政治身份，
托马斯的性别身份。伊蕾娜身边的人不同程度地生
活在没有根基、没有依靠的状态下：施特凡对家乡
和父母没有留恋，弗兰茨对城市没有归属感，习惯
性逃避伊蕾娜的目光；托马斯常常闭门不出，靠频
繁更换衬衫寻找存在感。无论是迁居而来的外国
人，还是长年定居的本地人，都是现代都市散居的
孤独旅者。值得一提的是，独裁者没有名字，海边
的陌生男人没有清晰面孔，也没有名字，而伊蕾娜
在德国认识的每个男人，都叫着德国最最普遍的名
字。从前，没有名字的人逼视她，施加心照不宣的
权力和控制；现在，有名字的人无法与她对视，且
无一不生活在松散、模糊、陌生的人际关系里。伊

蕾娜竟不知道走在身边的人究竟是托马斯还是弗兰茨。她在街头、走廊、酒馆里遇到的德国人、波兰人、意大利人，也都没有名字，跟她一样，是灵魂和形体错位的异乡人——当她看着自己的护照照片，看着镜子中自己的脸，看到的是"另一个伊蕾娜"。

伊蕾娜在新的环境里过着陌生而又熟悉的生活：陌生的是具体的生活时空，熟悉的则是孤独和流浪状态。在她所熟悉的"另一个国家"，生存困境有具体原因；然而，在她所不熟悉的柏林和西德，并没有可见的、令人沮丧受挫的原因，人就这样活在漫无边际的流浪状态中。如果说从前的压迫和敌对状态是可见的，那么现在的压抑则是无形的。这里的人缺乏积极行动、信任以及安全感。人在故地产生的陌生感，并未随时空转换而消失，反而被置换成新的疏离，不断蔓延生长。因此，这部小说"不是在尝试阐释人具有看似彻底的陌生感，而是将陌生感和绝望显现出来"。[1]

3. 现代大城市的微观记录者

《独腿旅行者》的书名暗示了一种介于走与站、

---

1 转引自 *Carmen Wagner*，第 53 页。

离开与停滞的中间状态，饱含距离的远与近、陌生与熟悉、结合与分离之间的张力。[1]从"另一个国家"来到西柏林的伊蕾娜，逃离出独裁统治，却陷入陌生的西方世界。然而若说这部小说不能给人提供一点安慰，又有失公允。作者擅长捕捉细节，简练的语言蕴含丰富的想象力，诙谐中透露出冷酷，极富审美价值和反思意味。从这个意义上说，米勒的第一部德国小说更像是对20世纪早期新客观主义以及大城市小说的继承。

除了伊蕾娜参与、倾听、与之沟通的世界之外，还有一个相对独立存在的世界，即城市居民的世界，一个商业化了的消费世界；在这个世界里，伊蕾娜就像一台摄像机，一边记录着陌生的环境，一边通过批判性观察，"放大城市生活的孤独感"[2]。比如，"跳蚤市场是被城市遗忘的许多地方中的一个。在那里，贫穷把自己伪装成商业。"作为城市的观察者，伊蕾娜记录下这个城市里的人和物，从行动到

---

1 参见 Josef Zierden: *Schreiben gegen Provinz und Diktatur. Herta Müllers poetische Erinnerungsarbeit.* In: *Zwischen Distanz und Nähe. Eine Autorinnengeneration* in den 80er Jahren. Herausgegeben von Helga Abret und Ilse Nagelschmidt. Peter Lang 1998，第 78 页。
2 转引自 *Carmen Wagner*，第 52 页。

语言，从仪态到表情，从颜色到性状。作为一个外来者，她并不像其他外来移民那样融入新的城市生活，或做出扎根的努力，而是观看物化的城市人群和冷漠、虚伪、无爱的人际关系。在她眼里，人是活动着的物体，物是陨落中的生命，人与物的界限消失了，二者甚至时常发生置换。用来形容人的词，放在人以外的生物或无机物身上，而本该生动的人则成了默片里固定的角色，冷傲、僵化、陌生。与伊蕾娜交谈过以及所有被她观察过的人都有一个共同点，与他们的年龄、职业、性别都没有关系。他们是僵硬的人体或者活动的塑像——地铁站里等车的人亲吻，手却各不相碰，车厢里彼此熟悉的两个人却做着令对方反感的事情，就连玩耍的孩子也机械地说着"婊子"和"法西斯"。一切不可预见却必然发生的变化发展，一切想象中的可塑与所谓的天真无邪，都令她畏惧。

小说如同用文字拍摄的纪录片，在颜色、光影、声音间自由切换，丝毫不掺杂感情色彩。偷听路人聊天，观察脚手架上作业的工人、地铁里的异乡人，记录自己和他人的梦境，剪贴报纸上的图片、重构情节，与乞丐、移民和外籍工人交谈，这些构成了异乡旅行者的生活片断。伊蕾娜对城市的感知充满凋零、抽空、衰老和死亡意象，又不失灵动，举重若轻。一个站台上等车的男孩在吃薯片，车来了又走，"孩子站过的地方，躺着薯片。那是一种刚刚行凶之后，横亘在手和刀之间的寂静。"母子、父子、爱人之间的关系，都被白描成机械的二维动作。小说从未交代伊蕾娜的家境和亲属关系，读者也无法得知亲情对伊蕾娜的影响。她与故乡的唯一联系，不是血缘，而是一个叫作达娜的女孩。然而，无论是朋友对伊蕾娜的思念，还是伊蕾娜获悉故友鼓手的死讯，都被变现得极为克制冷峻。

与此同时，在所有描绘现实和想象的片断里，又不乏动人和伤感时刻。如果人生是一场旅程，那么葬礼便是它的终点。小说中只有短短几句话提到葬礼，而且是想象中的空中葬礼，看似是伊蕾娜脑中的又一场想象风暴。实际上，这几行字并不仅仅在表达葬礼的象征意义。对于许多移民德国的人来说，即便取得了国籍，死后也未必能有资格安葬在最后生活的城市。而出于特殊原因移民的人，比如政治避难者，他们的尸骨又不被故乡接受。所以，空葬并不仅仅是作者一个移民对"死后元知万事空"的浪漫想象，更是对生命的销殒与尸骨的无处安放这一人间至悲进行的现实演绎。

小说《独腿旅行者》言简意深地表达出东欧政治剧变前夜，西方社会微观层面的压抑与陌生状态。"如果说米勒把现代文学中的主题——社会生活中的个体和个人生活中的陌生性（感）与异化——与故乡－流浪－流亡联系到一起，那么伊蕾娜在异国的孤立感，则可视作双重流亡。"[1]伊蕾娜的流浪是孤单（Alleinsein）、孤独（Einsamkeit）和无家可归（Heimatlosigkeit）三者的综合体。孤单是形单影只，孤独指缺乏沟通，无家可归则是无根、失去稳定社会关系。"独腿旅行"这个意象，隐喻了流浪的无所不在[2]。伊蕾娜离开故土、定居西方，固然获得了人身自由，但却体会到更深的孤独感。每一个生活、生存在西方自由世界的人，无论外来者还是本地人，是否也已经不知不觉地经历着内心的流浪、人际关系的疏离，习惯了模糊的远近概念、单向的沟通、无所不在的物化现象以及"独腿旅行"的状态？这

1　转引自 *Carmen Wagner*, 第 52 页。
2　德文原名 *Reisende auf einem Bein*，英文版译作 *Travelling on one leg*，将形容词变化产生的名词改作了动名词，回避了单复数。从小说内容看，旅行者既可以指伊蕾娜一个人，也可以是泛指。

些问题在 20 世纪开始成形，曾被数十年前黑暗时代的流亡作家反复琢磨，到了以全球化、恐怖袭击、难民潮开篇的 21 世纪，不但没有得到缓解，反而愈演愈烈。

尽管诺奖在某种程度上代表当代文学的风向标，但米勒在中国的传播和接受程度并不算高，故而要特别感谢后浪的眼光和气度，重新出版米勒作品集，也让译者有机会对旧版亲自进行校改。米勒的语言在德语作家中独具一格，既富于画面感，又简练至形似电报。即便是在对话和问句当中，也罕用引号问号惊叹号。译者尽量尊重原文的排版和标点，以达到作者所追求的间离效果。然而凡此种种，想必为读者的理解和阐释设置不少障碍，所以，译者期望这个译后记可以为诸君提供些许参考。

安尼
2020 年 2 月 1 日于七贤村